ANTIESCUELA DE FÚTBOL

A mi madre, Pilar. Le gustará
A mi padre, Vicente. Le hubiera gustado

Primera edición: septiembre de 2015

Printed in Spain – Impreso en España

ISBN: 978-84-204-8800-4
Depósito legal: B-15.972-2015

Impreso en Limpergraf, Barberà del Vallés (Barcelona)

AL 8 8 0 0 4

Penguin
Random House
Grupo Editorial

JUAN CARLOS CRESPO

ANTIESCUELA DE FÚTBOL

LOS 7 ~~CRACKS~~ PARDILLOS

Ilustraciones de Jordi Villaverde

MIGUELÓN

Miguelón es el capitán del equipo y tiene el corazón tan grande como un estadio. Le encanta comer y, aunque correr le cueste un poco, es un gran jugador.

MARTA

En el campo es una *crack*: es atrevida, rápida y no hay quien la pare. Aunque parece que no lo tiene fácil por ser chica, ella sabe que es mejor que muchos chicos.

GABI

Es argentino, pero solo le sale el acento cuando juega al fútbol o Marta anda cerca. Es un gran jugador. Aunque parezca un poco creído, Gabi lo daría todo por sus amigos.

ÁLEX

Álex es rumano y a veces habla raro. Le encanta hacer nuevos amigos. Atrevido y pillo, en el campo es la pesadilla de los defensas, porque ataca por todas partes.

CÉSAR

A pesar de su pinta de gigantón, César es un buenazo. En el campo es un poco lento, pero es un seguro en la defensa y va fenomenal de cabeza. Nunca se separa de Lian.

LIAN

Es una *crack* de los videojuegos: no hay quien la gane. En el campo, en cambio... se distrae con el vuelo de una mosca. Pero Lian está dispuesta a esforzarse al máximo.

PAULA

Paula es la mejor amiga de Marta, pero como ya no vive en el pueblo siente que no puede formar parte del equipo. Pero todos quieren que sea un Pardillo más.

RAMONTXO

Su bar es el centro de operaciones del equipo. Siempre tiene un refresco, un bocata, un consejo para sus chicos... o un truco, porque Ramón, además de camarero, es mago...

CHARLY

Charly sabe que está entrenando a un equipo que lo vale. Es capaz de sacar lo mejor de cada uno para que hagan lo que mejor se les da: jugar y, sobre todo, ¡divertirse!

CÉSAR

A pesar de su imagen de gran bonachón, César es un buenazo. En el campo es un poco lento, pero tiene una gran inteligencia y visión del juego. Junto a Ramón se ocupa de las tácticas.

LIAM

Es un crack de los videojuegos, no hay quien le gane. Por ejemplo, en este hobby se lleva muy bien con Charly. Siempre está pendiente de que no se enfaden los demás.

PAULA

Paula es la mejor amiga de María, por tanto forma parte del grupo aunque no puede formar parte del equipo. Por todos lados que sea un Partidillo más.

RAMONTXO

Se hace cargo de las cuestiones del equipo. Siempre muestra una bondad, un carácter. No pasará chicos y su gran pasión Ramón, aunque a ser hábil y estiloso.

CHARLY

A María le gusta que sus compañeros a un equipo, que lo vale. Escapa de ser el mejor de todos siempre que lucha lo que no ser el del fútbol ser humilde no hace presumir.

CAPÍTULO 1

UN PARTIDO ACCIDENTADO

Era sábado, a las once de la mañana. El verano iba tocando a su fin y el inicio del curso estaba a la vuelta de la esquina. Y la verdad, para ser todavía verano, hacía un frío que pelaba. Y con todo ese frío, dos equipos de fútbol alevín se disponían a iniciar la temporada.

Bueno, uno de los equipos, el Pardillo Club de Fútbol, vestido con unas camisetas bastante raritas, empezaba algo más que la temporada. En realidad, empezaba su historia. Era el sueño de siete amigos hecho realidad: formar parte de un equipo en el que pudieran demostrar lo que valían. Además, aquel día tenían mucho que demostrar al equipo rival, y los chicos se lo habían tomado muy en serio.

Como si fuera el partido más importante de sus vidas.

El árbitro, bajito, feo y algo cabezón, miró a ambos lados del campo. Le pareció que todo estaba en orden, se llevó el silbato a la boca y pitó.

Gabi, el delantero y sin duda el mejor del equipo, miró a Marta. Marta era zurda, rápida, una sensación con el balón en los pies. Estaba lista. Gabi le guiñó un ojo —Marta se sonrojó un poco, pero nadie más que ella se dio cuenta— y justo cuando iba a tocar el balón para empezar el partido, escuchó un grito entusiasmado desde la grada. La que gritaba era la madre de Gabi, Adriana.

—¡¡¡Par-diiiiii-lloooooos!!!

Era uno de esos gritos tan típicos del fútbol. La madre de Gabi esperaba que el resto de padres y los amigos de los chicos contestaran:

—¡¡¡Bieennnn!!!!

Y luego, ya se sabe: «Alabín, alabán...».

Pero no contestaron como ellos esperaban. La hinchada rival, es decir, todos los amigos de los jugadores y sus familias, respondieron con una sonora carcajada. La cosa pintaba mal. Tampoco es que fueran muchos, pero se les oía la mar de claro.

—¿Pardillos? ¿Ha dicho Pardillos? ¡Ja, ja, ja, ja, ja!

Inmediatamente después, se oyeron más gritos. Pero aquella vez las voces no eran amigas, sino de la hinchada del equipo contrario, los archienemigos del Santa Eulalia, que se creían los mejores del mundo.

—Par-di-llos, par-di-llos, par-di-llos.

La verdad, sonaba a chufla. Se estaban riendo de ellos.

—Ya empezamos —le dijo Gabi a Marta, un poco desesperado.

—Se veía venir —respondió Marta, resoplando—. Después de todo lo que nos ha pasado con ellos.

Los demás jugadores del equipo se acercaron. Álex estaba resignado:

—Si ya decía yo que esto no era buena idea.

—Te cagas. Y encima la camiseta esta, que parece un cromo —Miguelón, el capitán, tampoco se mordió la lengua—. Pero no os preocupéis, que se van a enterar. Ya veremos quién ríe el último.

—Nos la ha clavado Ramontxo con la historia esa de los Pardillos. Nos la ha metido doblada —dijo César, el defensa central.

Aquello ya era un corrillo; todo el equipo discutiendo alrededor del círculo central.

Miguelón no podía permitir que se acobardaran, y menos en aquel momento. Tenían que darle al Santa Eulalia su merecido.

Pero justo entonces intervino el árbitro que, como era bromista de narices, no pudo contenerse:

—Señores Pardillos, ¿quieren sacar, por favor?

A Miguelón, que había soportado los gritos de la grada, la camiseta más fea que un pie y los acontecimientos de los últimos días, la broma del árbitro le pilló desprevenido.

Y claro, estalló:

—¿Pardillos? ¿Nosotros pardillos? Habló el chincheta. ¡Que menuda cabeza te han puesto encima de un cuerpo tan pequeño! —dijo.

Era lo que faltaba. El árbitro se puso serio de verdad. Tarjeta amarilla. Aquello fue como arrimar una cerilla a un bidón de gasolina. Porque cuando Miguelón se cabrea, se cabrea mucho.

Y además se pone supercolorado. Como si le fuera a explotar la cabeza.

—O sea, ¿que tú nos puedes llamar pardillos y yo no te puedo llamar chincheta?

Los chicos estaban flipando. Es que ver a Miguelón enfadado siempre es un espectáculo.

El entrenador, Charly, desde el banquillo, se estaba temiendo lo peor.

Y, efectivamente, lo peor llegó. Porque cuando Miguelón empieza, ya no hay quien le pare.

—¿Me has sacado tarjeta? ¿De qué color? No la he visto, es que tu cabeza me la tapa entera. ¡¡Chincheta!!

Marta, la más sensata de todos, le llamó la atención:

—¡Calla, Miguel, que la lías!

El resto de chicos se empezó a reír a carcajadas. Y los del Santa Eulalia, que tenían sus planes para dar un escarmiento a los rivales, se estaban relamiendo con el espectáculo.

Y el Chincheta —que se iba a quedar con el mote ya para siempre— decidió que, aunque aquello fuera solo un partido amistoso, había tenido bastante.

Tarjeta roja.

Así que, antes de que la temporada empezara, antes siquiera de que alguien hubiera pateado un balón, el Pardillo Club de Fútbol ya tenía al primer expulsado de su historia: Miguelón. El capitán. Ni más ni menos.

—Si es que lo sabía. Estaba claro. Miguelón, a veces tendrías que aprender a meterte la lengua en el cu… —pero antes de terminar la frase, Álex se calló cuando vio que Charly le fulminaba con la mirada.

Si algún día alguien escribe en Wikipedia la historia del Pardillo Club de Fútbol, es probable que empiece diciendo que sus inicios no fueron precisamente gloriosos. Y no le faltará razón.

Tendrá que contar que, antes de empezar su primer partido, habían expulsado a su capitán, les habían dado unas camisetas horrorosas y los rivales no solo les habían puesto un mote —pardillos—, sino que llevaban semanas haciéndoles la vida imposible.

Es cierto. La historia del club no empezaba de manera demasiado gloriosa. Pero de algún modo había que comenzar.

Aunque si de verdad alguien se molesta en escribir en Wikipedia la historia del Pardillo Club de Fútbol, debería

empezar por lo que pasó un par de meses antes, en verano, en el bar de Ramón, cuando el equipo empezaba a tomar forma.

Porque la historia de aquel equipo empezó en verano.

CAPÍTULO 2

LA COPA KIT KAT

Villanueva del Pardillo es un pueblo de las afueras de Madrid. Allí tiene su bar Ramontxo. Ramontxo, en realidad, se llama Ramón, y su bar lleva el nombre de una marca de cerveza. Pero nadie llama al bar por su nombre. Todos dicen «Vamos donde Ramón» o «Vamos a ver a Ramontxo».

Porque a Ramón lo llaman Ramontxo, Ramoncín, Raimon… Todas las combinaciones que se puedan hacer con su nombre. A Ramón lo quieren y lo conocen tanto que cuando alguien entra al bar y lo llama de usted, los clientes piensan: *Este no es de aquí.*

El bar está junto a una urbanización moderna y también junto a un campito de fútbol siete donde se juega a todas horas. Y en el bar se juntan los vecinos, los amigos… y los «pardillos» de nuestra historia, que suelen aparecer por allí entre partido y partido, casi siempre pidiendo algo:

—Ramontxo, ¿nos das agua?

—Ramontxo, ¿podemos ver el fútbol?

Una tarde de agosto, en el campito, Gabi y Miguelón estaban afinando su puntería con el balón. Por lo general jugaban a darle al larguero de una de las porterías o a encestar con el pie, porque el campo también tiene cruzadas unas canastas de minibasket, así que allí se juega a todo.

En un partido de fútbol lo normal, de hecho, es tener que regatear no solo a los contrarios, sino también a los que están jugando al baloncesto.

Para afinar la puntería, lo mejor es tirar contra la portería de la izquierda, porque tiene una valla detrás. Así, cuando alguien falla, la pelota nunca se va muy lejos.

En la portería de la derecha no hay valla, y, claro, tener que ir a buscar la pelota después de cada tiro, pues es un rollo.

—¿A qué jugamos hoy, Miguelón?

—A tirar faltas a la escuadra.

—Dale, pero, ¿cómo medimos quién la puso en la escuadra? Porque vos la *tirás* a dos metros del palo y *decís* que entró por la escuadra.

Gabi a veces habla extraño, pero todo tiene una explicación.

Gabi es argentino. Aunque un argentino muy raro.

Nació en Buenos Aires. Cuando tenía dos años, sus padres se vinieron a vivir a Madrid y abrieron un restaurante en Villanueva del Pardillo. Así que se ha criado en Madrid.

Y unas veces habla en argentino y otras no. Lo normal es que hable en argentino cuando está con sus padres, que sí tienen mucho acento, y también cuando juega al fútbol.

Bueno, y habla con mucho acento cuando está delante de las chicas en la urbanización o en el colegio. Sobre todo cuando Marta anda cerca. Entonces se pone muy chulito y se pasa mucho la mano por la melena. Siempre que hay cerca alguna chica que le gusta, habla *muuuy* en argentino.

A Miguelón le hace mucha gracia esto.

A Marta, no tanto.

Aquella tarde, el acento era lo de menos. Lo importante era cómo decidir qué goles habían entrado por la escuadra y cuáles no.

Y a Miguelón se le ocurrió una idea.

—Vamos donde Ramontxo; tú le pides agua y le distraes. Yo me ocupo de lo de la escuadra.

Cruzaron la calle. Ramón estaba solo en el bar. Había dejado preparadas las mesas para la cena y estaba cambiando un barril en el grifo de la cerveza.

—Hola, Ramontxo —le saludaron los chicos.

—¿Qué pasa, *cracks*? ¿Estáis jugando al fútbol? Vaya pinta de jugones tenéis los dos. ¿Quién va ganando, el Madrid o River?

A Gabi le gusta ponerse una camiseta de River Plate, blanca con una raya roja en diagonal. Y con el escudo de River. River Plate es uno de los equipos más importantes de Argentina. Cuando alguien le dice «Mira, la camiseta del Rayo», Gabi se cabrea un montón. Entonces se señala el pecho y dice con mucho acento:

—De River, viejo, de River. *Fíjate*. De River.

Lo que Gabi no sabe es que una de las razones por las que el Rayo lleva la camiseta blanca con una raya roja es porque precisamente River Plate le regaló esa equipación a los de Vallecas hace muchos años.

En cambio, Miguelón siempre se pone camisetas del Madrid. Básicamente, porque es muy del Madrid.

—Ramón —preguntó Gabi—, ¿me das un vaso de agua, por favor?

—Claro, campeón. ¿Tú también quieres, Miguelón?

—No, Ramón. Yo voy a pasar al baño, si no te importa.

Ramón y Gabi se quedaron en la barra hablando de fútbol y de la camiseta de River.

Miguelón dejó atrás el baño y fue derecho al comedor. Se acercó a una de las mesas. Con cuidado y sin hacer ruido, quitó los vasos y los cubiertos. Luego, cogió el mantel, lo dobló y se lo metió debajo de la camiseta del Madrid.

Y volvió a colocar los vasos y los cubiertos. Aunque sin mantel.

Después, salió muy rápido.

—Hasta luego, Ramón. Gabi, ¿vamos?

Gabi le devolvió el vaso, le dio las gracias a Ramón y salió con su amigo.

—¿Y bien? —le preguntó a Miguelón.

—Lo de la escuadra ya está —sacó el mantel y se lo enseñó a su amigo.

—¿Le robaste un mantel a Ramón?

—Solo se lo he cogido prestado. Después se lo devolvemos.

De vuelta al campo, Miguelón aupó a hombros a Gabi y este ató el mantel al larguero, junto a la escuadra. Ahora sí que era fácil decidir qué balones habían entrado por la escuadra y cuáles no. Tiraban desde una marca del campo de baloncesto, y puntuaba el que marcara gol tocando antes el mantel con el balón.

Cualquiera que los viese jugar apostaría por Gabi. Es delgado, alto… Tiene más pinta de futbolista.

Pero Miguelón es mucho Miguelón.

Miguelón, el capitán, el primer expulsado de la historia del Pardillo Club de Fútbol, es más bien bajito, tiene el pelo muy rizado, casi siempre está de broma y, la verdad, le sobran unos kilos.

Bueno, le sobran muchos.

Pero es el más importante del equipo.

No solo porque sea el capitán.

Es que también es el dueño del balón, el que siempre lo lleva cuando hay partido.

Y aunque le sobren kilos, Miguelón juega muy bien al fútbol. Toca rápido, en corto. Distribuye muy bien. Al estilo de lo que hacía Guardiola. Lo malo es que, con eso de que le sobra algún kilo, la verdad es que se cansa pronto. Las segundas partes le resultan eternas.

Y hace una cosa que a todos les encanta.

Cuando hay una falta contra la portería de la derecha, siempre se la dejan tirar a él.

No es que sea muy bueno tirándolas, pero es muy divertido.

Toma carrerilla y le pega muy fuerte, con el exterior de la bota. Como si quisiera romper el balón. Resulta que un día, su hermano le enseñó un vídeo de cómo tiraba las fal-

tas Roberto Carlos, un futbolista brasileño que jugó en el Madrid. Y Miguelón decidió que él también quería tirarlas así.

Así que desde entonces, cuando hay una falta, toma una carrerilla muuuy larga, se concentra mucho, arranca con pasos muy cortitos y luego acelera. Al llegar al balón, le pega muy fuerte, con el exterior del pie. Como Roberto Carlos.

Y cuando le pega fuera, que es la mayoría de las veces, sale corriendo detrás del balón como si tuviera un cohete en el culo. Como si quisiera alcanzarlo.

Dicho así, la verdad es que suena raro, pero claro, esa portería es la que no tiene valla detrás.

Miguelón lo que no quiere es que su balón se pierda. Y, claro, los demás se parten de la risa:

—Corre, Miguelón, que esta no la encuentras.

—Miguelón, la próxima no le des tan fuerte.

—Miguelón, que Roberto Carlos tenía recogepelotas.

Miguelón vuelve entonces todo sofocado, muy sudado, con la cara como un tomate, pero con su balón a salvo, y a Gabi le gusta decirle:

—Miguelón, yo creo que la barrera se movió. *Tenés* que tirar otra vez.

Y Miguelón, que ya se sabe la broma, contesta:

—¿Sabes qué te digo? Que os vais a ir todos a la mierda.

Pero saben que lo dice en broma, y se parten de risa.

Lo bueno que tiene Miguelón es que nunca se enfada de verdad. Se hace el enfadado, pero se le pasa muy pronto.

Y lo malo es que nunca se deja nada en el plato. Y a veces tampoco deja nada en el plato de los demás. Pero es un gran tío. Por algo le nombraron capitán. No solo porque el balón sea suyo.

Aunque eso también influye.

Esa tarde, Gabi le estaba ganando a Miguelón 5-4. Iban chutando de forma alterna, al mejor de veinte lanzamientos. Gabi se acercaba casi siempre a la escuadra.

Miguelón… depende.

Miguelón apunta mucho mejor cuando no tira fuerte. Pero es que lo de chutar fuerte… no lo puede remediar.

Como Roberto Carlos

—Dos últimos tiros —anunció Gabi—. El que pierda le debe al otro un Kit Kat.

Eso era jugar con fuego. Si algo le pirra a Miguelón, es el chocolate.

Tiró Gabi. El balón pegó en el poste, muy cerca del mantel, pero salió rebotado hacia el campo.

—Prepara el Kit Kat —respondió Miguelón.

Tocó el balón suave y pegó justo en el centro del mantel, que ya estaba pringadísimo de suciedad a base de pelotazos.

¡Gol! Empate a cinco.

—Che, ¿te picaste, eh?

Gabi apuntó. Tocó, también suave, muy cerca del mantel.

¡Gol! Pero… el tiro se había quedado bajo. El mantel no se movió.

Y Miguelón se vino arriba.

Empezó a narrar aquello como si fuera la final de la Champions. En voz alta iba anunciando:

—Atención, señores, porque el Madrid puede derrotar a River Plate en la gran final de la Copa Kit Kat. Roberto Carlos se dispone a hacer el lanzamiento decisivo. Empate a cinco en el marcador. Silencio sepulcral en el Bernabéu. Todos pendientes del *crack* brasileño.

»Roberto Carlos coloca la pelota con mimo. Se va para atrás. Toma aire. En sus botas está derrotar al poderoso River Plate.

Gabi no paraba de reír las ocurrencias de Miguelón.

Y al ruido de la narración se sumaron dos amigas más: Marta y Paula, que estaban sentadas en un banco, hablando de sus cosas, y se acercaron a verlos jugar.

Bueno, en realidad tres amigos.

Porque Ramón también salió al oír el jaleo.

Le sorprendió tanto la narración de Miguelón como ver su mantel hecho un Cristo en lo alto de la portería.

Pero Miguelón estaba en su mundo. Seguía narrando su lanzamiento mientras explicaba cada paso que daba.

—Allá va Roberto Carlos. Toca el balón suave. La pelota se eleva buscando la escuadra… El lanzamiento es perfecto y… ¡¡¡Goooooooool!!! ¡¡¡Qué golazo, señores!!! Roberto Carlos acaba de sentenciar el partido. ¡¡¡El Madrid gana la Copa Kit Kat!!!

En plena euforia, Miguelón se subió la parte delantera de la camiseta y se la colocó sobre la cabeza. Con la camiseta así estaba claro que sus michelines no tenían nada que ver con los abdominales de Roberto Carlos, pero eso era lo de menos.

Corría en círculo extendiendo los brazos, imitando el vuelo de un avión y celebrando el gol como si, efectivamente, hubiera ganado la Copa de Europa.

Gabi no se aguantaba la risa.

—De lo que *sos* capaz por una chocolatina, Miguel.

Marta y Paula también se estaban riendo.

Y, justo entonces, desde el lateral del campo, detrás de los chicos, sonaron unas palmas y se oyó un vozarrón que era muy conocido por todos.

—Bravo, Miguelón. Vaya golazo.

Miguelón se paró en seco al oír la voz.

Se colocó otra vez la camiseta y acertó a decir:

—Muchas gracias, Ramón.

Ramón se dio media vuelta y volvió al bar.

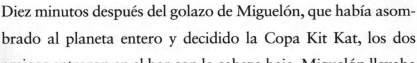

Diez minutos después del golazo de Miguelón, que había asombrado al planeta entero y decidido la Copa Kit Kat, los dos amigos entraron en el bar con la cabeza baja. Miguelón llevaba el balón en el brazo derecho y el mantel en el izquierdo.

—Hola, Ramón —dijo con un hilo de voz.

Viendo a los dos tan apenados, a Ramón le costaba aguantarse la risa.

—Enhorabuena. Ya he visto que apuntas de maravilla.

—*Disculpá*, Ramón —intervino Gabi—. Es que nos entró *fiaca* y se nos ocurrió lo de tirar a la escuadra. Pero te pensábamos devolver el mantel. Era solo por un rato.

—Gabi, tío, no sé quién es la *fiaca* esa. Lo que pasa es que nos estábamos aburriendo, Ramón, pero lo sentimos mucho. —¿Quieres que lo volvamos a poner en su sitio? —dijo Miguelón.

—Pues casi que no —contestó Ramón—. Sobre todo porque, como está sucio, a lo mejor a quien se siente a la mesa no le hace gracia. Pero podéis hacer otra cosa.

Los dos niños se sintieron aliviados.

—Lo que tú digas, Ramón.

—Pues mirad, como la vida del futbolista es muy dura y después de los partidos hay que recoger el material y atender a la prensa, y como esta noche parece que va a hacer bueno, podéis colocar todas las mesas y las sillas de plástico de la terraza. Así no tengo que hacerlo yo cuando vengan los clientes.

—Pero, Ramontxo, ¿qué tiene que ver colocar las sillas con atender a la prensa? —se atrevió a preguntar Miguelón.

—Pues es muy fácil. Igual que has narrado tu gol de maravilla, mientras vas colocando las sillas, te imaginas que son periodistas y que te hacen preguntas, y tú les vas contestando.

Marta y Paula, que estaban siguiendo la escena desde la puerta, no paraban de reír.

—Venga, Miguel, que nosotras os ayudamos —se ofreció Marta.

Y mientras las colocaban, Paula iba pinchando a Miguelón:

—Miguel, cuidado con esa silla, que hace las preguntas con muy mala idea.

A Gabi le gustó la broma.

—¿*Sabés* qué, Miguelón? Yo creo que las sillas son las radios y las mesas son las televisiones. Así que *dejá* de dar bola a las radios y *ayudame* con las mesas, que me las estás dejando a mí todas y son las que más pesan —le pidió.

Pero se arrepintió enseguida, porque se dio cuenta de que Marta había puesto los ojos en blanco y le había hecho un comentario a Paula.

—Mírale. Tanto acento, tan cachitas y resulta que es un flojo.

Gabi se sonrojó un poco. Le solía pasar cuando Marta le gastaba alguna broma.

Miguelón seguía a lo suyo:

—Nunca se me había ocurrido que me pudiera entrevistar una silla, pero bueno, es cuestión de practicar —Miguelón hacía como que hablaba a las sillas mientras las cogía del montón y las ponía en su sitio—: Ha sido un partido muy disputado, pero al final se ha impuesto el Madrid porque tiene mucha más calidad que el Rayo.

—Es River, viejo. River Plate. Y el Madrid no tiene más calidad. Solo tuvo suerte.

Un cuarto de hora después, con ayuda de las chicas, las sillas y las mesas de la terraza estaban perfectamente colocadas.

Y sobre una de las mesas, Ramón había dejado cuatro tabletas de Kit Kat.

CAPÍTULO 3

JUEGO DE NIÑAS

En realidad fue esa noche, la de la Copa Kit Kat, cuando nació el Pardillo Club de Fútbol. Bueno, o cuando nació parte del equipo.

Como era verano y no había cole, los chicos podían llegar a casa un poco más tarde.

Los padres de Miguelón habían ido a cenar al bar de Ramontxo, y don Miguel les invitó a alitas de pollo y pizza.

Pero cuando don Miguel y su mujer se sentaron en su mesa habitual se extrañaron un poco de que no hubiera mantel. Cuando eligieron esa mesa, los chicos, que estaban tomando unos refrescos en la de al lado, se pusieron un poco nerviosos.

—Discúlpeme, pero es que se han equivocado en la lavandería, y uno de los manteles no ha llegado limpio. Por eso no lo he puesto —le explicó Ramón a don Miguel.

—No pasa nada, Ramón. Ya sabes que hay confianza —replicó el padre de Miguelón.

Los chicos respiraron aliviados.

—Anda, que si a Ramón le da por contar lo del mantel…
—dijo Marta.

Pero todos sabían que Ramón era de fiar y que no se chivaría de ellos por una trastada pequeñita.

Marta sonrió, traviesa: en el fondo se alegraba un poco de que los hubieran pillado.

Ver a Miguelón y a Gabi en acción siempre era un espectáculo.

Marta se lleva muy bien con Miguelón, y es toda una deportista.

Hace atletismo tres días a la semana, y en las competiciones del colegio siempre está entre las mejores. Tiene unas cuantas medallas en casa. Aunque le gusta más el fútbol.

Y, encima, es guapa, rubia y siempre sonríe.

Sería una más de la pandilla. Pero en realidad no lo es.

Porque es guapa, rubia y siempre sonríe.

Y, claro, eso influye.

Cuando llegaron las alitas de pollo y las pizzas, los chicos se abalanzaron sobre ellas como leones.

Entre mordisco y mordisco, a Marta se le ocurrió una idea:

—Bueno, supongo que esta es la cena de la victoria de los campeones de la Copa Kit Kat, así que debería hablar el

capitán del equipo vencedor. Miguelón, tienes que decirnos unas palabras —propuso.

—¿Más palabras? Si ya me han entrevistado catorce sillas —rio Miguelón.

—*Oí*, Miguelón, ¿por qué no hacemos mañana otro campeonato? Pero *tenés* que pedirle el mantel a Ramontxo —propuso Gabi.

Marta y Paula soltaron una carcajada, y Miguelón las acompañó.

—O mejor, ponemos botellas en un lado y chutáis a ver quién rompe más. Ramón tiene un montón de botellas de vino caro —añadió Paula.

—Sí, claro, qué lista —contestó Miguelón—. Pero casi mejor se las pides tú.

Paula lo había dicho en broma, pero le dio la sensación de que Miguelón se había enfadado. Al fin y al cabo, ella no lo conocía tan bien como Marta.

Porque Paula es de la pandilla, pero solo en verano.

Hace tres años, sus padres tuvieron que vender la casa, una casa enorme y muy bonita. Así que se marcharon de la urbanización, se instalaron en Madrid y ahora ella estudia allí.

Pero en cuanto llegan las vacaciones de verano, va a pasarlas a Villanueva del Pardillo, con sus abuelos.

A Paula le gusta mucho más la casa de sus abuelos que el piso de sus padres, en Madrid, porque tiene piscina y se pasa el día con sus amigos.

Miguelón no estaba enfadado, pero tampoco estaba para dar discursos. Estaba más bien ocupado en buscar las últimas alitas de pollo o algún trozo de pizza que alguien se hubiera dejado en el plato. En su lugar, el que habló fue Gabi:

—¿Saben qué? Deberíamos hacer un equipo de fútbol aquí en la urbanización. Pero un equipito de fútbol siete, en cancha pequeña, para que Miguelón no tenga que matarse a correr. Y para poder jugar todo el año, no solo en verano —Marta y Paula se miraron. A las dos les gustó mucho la idea, pero ninguna se veía en ese equipo: las chicas por lo general no solían ser bienvenidas. Y Gabi la terminó de fastidiar cuando miró a las chicas y añadió:

— Y ustedes dos pueden venir a ver los partidos. La pasarán lindo.

A las chicas les sentó fatal el comentario, porque a las dos les gusta mucho el fútbol. Pero no les gusta verlo, lo que les gusta es jugar.

Hasta hacía poco Paula hacía gimnasia deportiva en el colegio. Se le daba bien. Pero empezó a crecer y crecer, y sus entrenadores le dijeron que siendo tan alta, era mejor que

buscara otro deporte. Y en su colegio no había equipo de fútbol para chicas. Ni siquiera mixto.

Lo de Marta era peor.

Porque Marta sí que juega al fútbol.

O jugaba.

O bueno, eso de que jugaba... es un decir.

Los martes y los jueves, después de clase, el equipo de fútbol del colegio de Marta tiene entrenamiento.

Marta siempre se cambia rápido y sale al campo la primera. Antes de que aparezcan los demás, coge una pelota del saco, empieza a correr con ella por la banda y da gusto verla.

Es muy elegante, lleva siempre la cabeza alta. Conduce el balón sin apenas mirarlo. Quizá no tenga la misma fuerza para enviar un centro tan lejos como alguno de sus compañeros. Por eso, prefiere el pase corto, y, como juega con la cabeza levantada, casi siempre elige la mejor opción.

Marta tiene su momento de gloria hasta que empieza el entrenamiento de verdad.

Entonces aparece el entrenador, toca el silbato, y todos saben cuál es la rutina.

Los chicos corren, dan una vuelta al campo, y luego otra y otra. Como Marta también es atleta, no le cuesta seguir el

ritmo de los chicos, aunque sean un poco más grandes que ella. En eso Marta siempre es de las mejores.

Luego llegan los ejercicios físicos, la práctica de jugadas de estrategia, saltar, chocar, ensayar córners, faltas...

Cuando hay que rematar los córners de cabeza, la historia se complica un poco más. Y cuando hay que defenderlos, es aún peor.

Y si toca partidillo, Marta lo suele pasar mal. Su entrenador insiste en que juegue de defensa lateral. No le deja pasar del medio campo. Ella tiene que vigilar al extremo contrario. Cuando recupera el balón, lo que el míster le pide es que se la pase rápido a un compañero y vuelva a guardar su posición.

Y si no lo recupera, el entrenador siempre le grita:

—Marta, entra más duro.

—Marta, intenta no jugar como una niña.

Cada vez que le dice eso, Marta se cabrea muchísimo. ¿Qué quiere decir «jugar como una niña»? Marta es una chica, y nunca va a jugar al fútbol como un chico, y le repatea que asocien siempre que hacer las cosas como una niña es algo malo.

Por eso ella no se rinde. Insiste, insiste, y hace lo que le pide su entrenador. Y no lo hace nada mal.

Hasta que llega el sábado, y siempre se repite la misma historia: el entrenador nombra el equipo, y Marta empieza en el banquillo.

Incluso su primo, Jorge, que juega en el mismo equipo, aunque muchas veces se pierde los entrenamientos, está siempre entre los titulares.

Además el padre de Marta dice que ella es mucho mejor que su primo.

Pero siempre que hay partido, la historia se repite: Jorge es titular... y Marta se lo pasa en el banquillo. El entrenador responde que es porque le falta fuerza, así que siempre la saca al final, los últimos minutos, cuando ya está todo decidido. Y, si no está decidido, muchas veces ni la saca.

Así, un sábado tras otro.

Cuando llega a casa después de los partidos, casi nunca está contenta.

Así que Marta ha decidido que este año ya no va a seguir jugando al fútbol.

Y, desde luego, tampoco piensa ir a ver los partidos de Gabi.

Faltaría más.

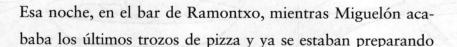

Esa noche, en el bar de Ramontxo, mientras Miguelón acababa los últimos trozos de pizza y ya se estaban preparando

para regresar a casa, Marta seguía dándole vueltas a las palabras de Gabi: «Y ustedes dos pueden venir a ver los partidos. La pasarán lindo».

—Gabi —le soltó Marta—. ¿Sabes qué? Igual no eres tan bueno como para que merezca la pena que vayamos a verte. A lo mejor eres tú el que debería venir a vernos a nosotras, a ver si aprendes algo. Si quieres, mañana quedamos en el campo.

A Gabi le gustó el reto, y más viniendo de Marta. Porque cuando Marta se pone orgullosa, fija mucho la mirada, y se le encienden los ojos con un brillo especial.

Y a Gabi le entran como cosquillas por el estómago.

—Dale, a la misma hora de hoy —contestó, echando la silla hacia atrás para levantarse de la mesa

CAPÍTULO 4

ERRE QUE ERRE

Al día siguiente, por la tarde, un poco antes de la hora a la que había quedado con Miguelón y con Gabi, Marta se puso un poco nerviosa. *No seas tonta, Marta. Total, solo vas a jugar un rato con los chicos,* se dijo mientras salía de casa.

Se había puesto la ropa de fútbol, aunque normalmente en verano no se vestía así.

Paula no podía ir con ella porque ese día tenía que acompañar a su abuelo a hacer unos recados. Así que iba a jugar ella sola con Miguelón... y con Gabi.

Marta y Miguelón habían coincidido bastantes veces en el parque. Con Gabi, no tanto.

Por un lado le hacía ilusión jugar con él al fútbol. Por otro lado... le había sentado bastante mal lo de que la invitara a verlo jugar en vez de a jugar con él.

Iba pensando en eso, y en los entrenamientos del equipo del colegio, cuando llegó al campito. Miguelón ya estaba allí. Marta iba tan concentrada pensando en sus cosas que al llegar al campito no lo vio y, sin querer, le dio un buen empujón.

—Pero bueno, tía, ¡que vas como una moto! ¿Te pasa algo? —le dijo Miguelón mientras corría a recoger el balón.

Con el empujón de Marta, se había ido hacia la portería derecha. La que no tenía valla.

—No… nada. Perdona, venía pensando en mis cosas. Oye, Paula no puede venir, me ha dicho que tenía que acompañar a su abuelo a no sé qué —se giró para mirar el campo y se dio cuenta de una cosa—. ¿Gabi tampoco viene? ¿Le ha dado miedo que le gane una chica? —lo dijo de broma, pero en realidad le disgustaba no ver a Gabi.

—No, seguro que viene ahora. Gabi es un tardón, pero no se pierde un partido ni muerto —Miguelón venía resoplando. Le había tocado echarse una buena carrera.

—Bueno, a ver si es verdad. Me tiene un poco harta la gente con eso de que las niñas no podemos jugar al fútbol —Marta no se pudo aguantar.

—Pero, a ver, ¿a ti qué te ha pasado? Esto no es solo por lo que te dijo ayer Gabi… Venga, cuéntamelo.

Marta empezó a contarle sus problemas en el equipo del colegio. Miguelón no tenía ni idea de que no la sacaran nun-

ca. Mientras se lo iba contando, empezaron a dar toques. Un rato después, vieron aparecer a Gabi por detrás de la portería derecha.

—¡Viniste! ¡Y con ropa de fútbol! —le gritó a Marta.

—¿No habíamos quedado en eso? —replicó ella, desafiante.

—Pensé que no te ibas a atrever —Gabi se acercó y recogió el balón del suelo.

—Yo pensaba que el que no se iba a atrever eras tú. ¿Por qué me dices eso?

—Nunca vi a una *mina* jugar bien al fútbol —le dijo, apartándose el flequillo, chulito, con una sacudida de cabeza.

—Pues a lo mejor va a ser hoy el día —Marta estaba definitivamente picada.

A Gabi le gustaba chincharla.

—¿*Sabés*? A los equipos mixtos nosotros le decimos equipos masculinos con obstáculos —dijo con retintín.

—A ver, sorpréndeme —Marta puso los ojos en blanco.

—Los obstáculos son las chicas.

Miguelón rio la broma. Pero Marta tenía sentimientos encontrados con Gabi. A veces le encantaba estar con él. Otras lo mataría. Aquella era claramente una de esas veces en que lo habría matado.

Miguelón, que vio que la cosa se estaba calentando, intervino en ese momento:

—¿Por qué no jugamos un gol regañado? Yo empiezo de portero. Jugáis uno contra uno y el que marque se pone. El que está defendiendo, si recupera el balón, tiene que ir al centro del campo para empezar su ataque. Jugamos hasta que alguien llegue a diez goles.

—Esto va a durar poco, entonces —presumió Gabi.

Miguelón se puso bajo los palos, y de espaldas al campo, lanzó el balón con la mano. Lo lanzó... muy lejos. Marta corrió a buscarlo. Gabi se quedó esperando en la frontal del área, de defensa. Estaba seguro de que no tendría problemas para quitarle el balón a Marta.

Además, Gabi tampoco es muy partidario de correr. Solo lo justo.

—A ver qué *sabés* hacer.

Marta avanzó hacia la posición de Gabi. Al chico le extrañó que condujera la pelota con la cabeza alta. No se miraba los pies; lo miraba a él. Y estaba buscando la esquina derecha del área.

Gabi la dejó llegar. Cuando estuvo a su altura, Marta se paró. Fingió hacer un regate hacia su derecha, y Gabi se lo tragó. Pero en vez de arrancar, Marta volvió a pararse. Se quedó quieta, como un palo.

Amagó de nuevo a su derecha, esta vez pasando el pie derecho por encima del balón, y Gabi se volvió a tragar el engaño.

Entonces Marta arrancó por el lado contrario, con la pierna izquierda y le regateó. Cuando Gabi quiso rectificar, perdió el equilibrio y cayó de culo al suelo. Marta se plantó ante Miguelón, hizo como si fuera a chutar con todas sus fuerzas… y en vez de eso le dio suave, por el centro.

El balón pasó por entre las piernas de Miguelón.

¡Gol!

A Miguelón no le importó el caño. En realidad, estaba pendiente de la cara de Gabi, que era un poema.

—Ja, ja, ja. Así que fútbol masculino con obstáculos, ¿eh, Gabi? ¡Pues el obstáculo te ha sentado de culo!

Gabi lo encajó bien.

—Ja, ja, ja. ¿Y vos? Menudo caño te comiste.

A Marta le gustó la reacción de sus amigos. Se sentía muy orgullosa de la jugada. En vez de celebrar el gol se acercó a Gabi, que seguía sentado en el suelo, y le tendió la mano para ayudarle a levantarse.

—¿Te has hecho daño? —le dijo con un gesto pícaro.

—Solo en el orgullo —Gabi lo dijo riendo. Aceptó la mano de Marta y se levantó—. ¿*Sabés?* Vos no *sos* un obstáculo. *¡Sos* una *crack!*

Entonces fue Marta quien sintió cosquillas en el estómago.

———— ❦ ————

Marta se había puesto ya de portera e iba a sacar cuando, al darse la vuelta, oyó a un perro gimotear. Entonces se dio la vuelta, vio a dos grandullones. Y, agachado en el suelo, un chico tratando de consolar al animal.

Marta se dio cuenta inmediatamente de que era Álex.

—¡Gabi, Miguelón! Esos dos de ahí se están metiendo con Álex. Vamos a ver qué pasa.

Álex es amigo de Miguelón. Pero bueno, es que Miguelón es amigo de todo el mundo, en realidad. Van a la misma clase, pero fuera del colegio Álex habla poco con los chicos de su edad.

Álex es rumano, solo lleva un par de años en España y en realidad se llama Dumitru.

Pero resulta que, en el colegio, a los demás niños les costaba aprenderse su nombre.

Así que un día se cansó y dijo:

—¿Sabéis qué? Mejor llamadme Álex, que es mi segundo nombre.

En realidad no tiene segundo nombre. Se llama Dumitru Ardelean. Pero estaba tan cansado de decir su nombre y que le contestaran:

—¿Cómo? ¿Dimitri?

Además, le gusta el nombre de Álex.

Y, ahora, cuando alguien le pregunta:

—¿Álex? ¿Es diminutivo de Alejandro?

Él contesta:

—No. Es diminutivo de Dumitru. En mi país se dice así. Igual que vosotros llamáis Pacos a los Franciscos.

Y, aunque no sea verdad, él se queda tan pancho.

Pero lo más divertido de Álex es cuando se lía con las erres.

A veces dice *«perito»* cuando quiere decir «perrito», o dice que junto a su casa hay un *«caro»* cuando en realidad lo que hay es un carro de madera.

Y también le cuesta un poco pronunciar la eñe, así que suele decir «*ninio*» en vez de niño, o «*anio*» en vez de año. Pero sí sabe pronunciarla. Porque cuando se enfada mucho, a veces grita: «¡¡¡Coño!!!».

Entonces, la eñe se le entiende perfectamente.

Menos mal que lo dice poco.

Esa tarde, Álex estaba jugando con su perro, Lucas. Que en realidad tampoco es su perro.

Es un perro que vive en la calle, y es un poco el perro de todos. Pero Álex fue quien le puso nombre, y es quien más pendiente está de él.

Álex estaba de espaldas al campito, tirándole un palo a Lucas para que fuera a buscarlo y se lo devolviera, cuando se acercaron dos chicos por su espalda. Al darse cuenta de que estaban detrás de él, se volvió para mirarlos. Los dos chicos, que tenían pinta de matones, eran de una urbanización cercana: Santa Eulalia.

Sí; el equipo de esa urbanización es contra el que iba a debutar el Pardillo Club de Fútbol. Muchos de esos chicos van al mismo colegio que Álex y Miguelón, y la verdad es que no se llevan muy bien.

Porque a los del Santa Eulalia a veces les gusta ir de chulitos. Y de chulitos precisamente iban esa tarde.

49

—Menudo saco de pulgas. Igual que el dueño —dijo uno de ellos, dándole un pisotón al suelo que levantó un montón de arena.

Lucas llegaba trotando en ese momento con el palo en la boca. La arenilla que levantó el pisotón del chico le llegó a los ojos. El animal gimoteó y fue a esconderse entre las piernas de Álex.

—¡Oye! ¡Oye! ¡Deja en paz a mi *pero!* —gritó, agachándose para acariciar a Lucas entre las orejas y tranquilizarlo.

—¡Mi *pero,* mi *pero!* Pero si no sabes ni hablar español. Agarra al bicho pulgoso ese y largaos los dos a vuestro país —esto lo dijo el otro, que era más grandote y le doblaba la altura a Álex.

Marta, Miguelón y Gabi dejaron el juego inmediatamente y fueron donde estaba Álex.

La primera en llegar allí fue Marta, que corre que se las pela.

—¿Qué, has llamado a tu novia para que venga a defenderte? —dijo el que había levantado la arena.

Pero, cuando vio que Miguelón y Gabi venían detrás, le dio un codazo a su compinche y se fueron corriendo. Muy chulitos, sí, pero muy poco valientes.

—¿Qué ha pasado? —preguntó Miguelón, tendiéndole la mano que no tenía ocupada con el balón a Álex para ayudarlo a levantarse del suelo.

—Nada —contestó Álex—. Estaba jugando con Lucas y han venido estos tíos. Han dicho que es un saco de pulgas, y que por qué no me vuelvo yo a Rumanía y me lo llevo. Y cosas así. Son imbéciles.

—No les hagas caso. Vamos donde Ramón, que le den un poco de agua a Lucas. Y tú pasa de ellos —Miguelón le quitó importancia.

—Es que no sé por qué se tienen que meter con el *perito*. Si no les ha hecho nada — Álex estaba más enfadado porque se hubieran metido con el perro que porque se hubieran metido él.

—¿Con qué *perito*? —quiso saber Marta.

—Con Lucas.

—¡Ah! Con el perrito, Álex, con el perrito. Con muchas erres —le corrigió Gabi.

—Mira, fue a hablar aquí el que no tiene acento —le dijo Marta, dándole un pequeño codazo.

La broma devolvió la sonrisa a la cara de Álex.

—Venga —dijo Miguelón—, vamos donde Ramón, y que le dé un poco de agua a Lucas.

Y Marta remató:

—Miguel, tú no quieres ir donde Ramón para darle agua a Lucas. Tú lo que quieres es merendar —dijo, marcando mucho las erres.

Álex se rio.

Ya se le había pasado del todo el enfado.

CAPÍTULO 5

PARDILLO CLUB DE FÚTBOL

De camino al bar de Ramontxo, Álex le pidió el balón prestado a Miguelón y le pasó a Marta la correa de Lucas para poder darle unos toques.

—¿A ti te gusta jugar al fútbol? —le preguntó Miguelón.

—Pues claro. Me gusta un montón, pero siempre que bajo al campito me encuentro con alguno de Santa Eulalia. Al final me termino peleando con ellos y me vuelvo a casa sin jugar.

—¡Pues estamos buenos! —dijo Marta—. A mí en el equipo del colegio me pasa un poco lo mismo. Estoy harta de que a mi primo Jorge le saquen siempre de titular en los partidos, aunque no venga casi nunca a entrenar.

—¿En tu equipo no te sacan? ¡Pero si *sos* una *crack!* —se sorprendió Gabi.

—Pues ya ves; como soy chica, mi entrenador no me saca —se quejó Marta, pero en realidad estaba sonriendo: no se le había pasado por alto el halago de Gabi.

Miguelón se rascó la barriga por encima de la camiseta de fútbol. Le dio un toquecito al balón, que había llegado hasta él, para pasárselo a Álex de nuevo.

—Oye, ¿y por qué no jugamos juntos? Gabi y yo estamos hartos de jugar solos, el entrenador de Marta está ciego si piensa que no es buena, y los de Santa Eulalia que se coman su chulería con patatas, Álex: con nosotros puedes jugar siempre. Lo importante es divertirse. Deberíamos formar un equipo.

Cuando Miguelón dijo aquello, ya estaban entrando en el bar. Al verlos llegar, Ramón salió de la barra para ponerle un platito con agua a Lucas. Luego preparó unos bocadillos para que merendasen. Junto a él estaban varios compañeros de clase de Miguelón: César, un chico altote, fuerte y bona-chón, y Liang Jing, a la que todos llaman Lian. Lian es china, y sus padres tienen una tienda en el barrio.

Además estaba Charly, buen amigo de Ramón. Charly tiene unos cuarenta años, trabaja en una oficina y es muy aficionado al fútbol. Siempre está en el bar viendo partidos en la tele, leyendo cosas de fútbol en su *tablet* o chinchando a Ramón.

Lian y César, que los habían escuchado hablar mientras entraban en el bar, quisieron saber qué era ese equipo del que estaban hablando.

A César en el equipo del colegio tampoco le sacan mucho, porque como es grandón, su entrenador dice que también es lento. A Lian el fútbol no es que le guste demasiado, a no ser que sea en videojuegos. Ahí es una máquina jugando al fútbol, o a cualquier cosa. Y lo que más le gusta es ganarle a César. César es un gigantón y Lian es pequeñita, pero son los mejores amigos desde que eran muy pequeños.

Gabi se lo explicó:

—Veníamos hablando de que estamos todos hartos de no poder jugar al fútbol como queremos, así que vamos a hacer un equipo de fútbol siete. De momento estamos Miguelón, Marta, Álex, Paula y yo. Si ustedes se apuntan, ya lo tenemos hecho.

—Yo me apunto —respondió César corriendo.

—Y yo —respondió Lian, que rara vez se separa de su mejor amigo—. Aunque yo no sé jugar mucho, pero puedo aprender.

—Paula no podrá quedarse en el equipo. Ya sabéis que cuando empieza el curso vuelve con sus padres a Madrid —recordó Marta.

—Bueno, pues cuando esté, que se venga. Igual consigue convencer a sus viejos de que la traigan más seguido a ver a sus abuelos —sentenció Gabi.

Charly estaba escuchando la conversación.

—¿Y ya tenéis nombre? —preguntó a los chicos.

—Nos podríamos llamar las Águilas de Villanueva —dijo Miguelón, que estaba metiéndole un buen mordisco al bocadillo que les había preparado Ramón.

—O los Tiburones —proclamó César, entusiasmado.

—¿Y qué tal River? ¿O Independiente? —metió baza Gabi.

—¡Ya estás barriendo para casa! ¿Por qué un nombre argentino? —saltó Marta.

—Oye, ¿y Real Villanueva? —sugirió Miguelón.

—En Bucarest tenemos un Dinamo, un Rapid y un Steaua. Allí son nombres *corientes,* pero suenan bien —apuntó Álex.

—Tío, pues aquí eso suena *horible* —le vaciló Miguelón.

Los demás le rieron la gracia a Miguelón, pero Álex no la entendió.

—Se dice «corriente» y «horrible», Álex —Gabi intentó darle una pista.

—¡Ah! Con muchas erres.

—Eso, con muchas erres —Ramontxo se metió en la conversación—: Pues yo creo que deberíais llevar el nombre del pueblo en el que vivís. Al final, cada uno debe estar orgulloso de su tierra.

—Ya, Ramón —explicó Marta—, pero es que un pardillo es un tonto. Y no queremos que nos llamen tontos cuando vayamos a jugar al fútbol.

—Imagínate que vinieran a animarnos nuestros amigos. ¿Qué nos iban a gritar? ¿Pardillos? Pues menudo cachondeo —reforzó el argumento Miguelón.

Álex, como estaba mosqueado por la broma de las erres, se apuntó al bando de Ramón.

—Pues yo pienso como Ramón. Si el pueblo se llama así, pues así hay que llamarse.

Entonces Ramón los sorprendió a todos.

—Para que lo sepáis, un pardillo es un pájaro. Y, además, es un pájaro precioso.

—¡Venga ya! —dijo Miguelón, hablando con la boca llena y llenándolos a todos de migas—. ¡Raimon, no nos vaciles!

Charly, que aunque había dado pie a la conversación, no había dicho ni pío hasta ese momento, intervino:

—¡Ramontxo, eres un farsante!

—¡Que no, que es verdad! —se defendió Ramón—. Es parecido a un jilguero, pero con el pecho rojo. Y además tiene un canto muy bonito. Mirad, canta así: *chiuchiuchiu-pipi-pipí-chiuchiuchiu* —y, para sorpresa de todos, Ramón empezó a silbar el canto de un pájaro.

Porque Ramón es una caja de sorpresas, y además de tener un bar, también sabe mucho de pájaros.

Charly se partía de la risa.

—Ramón, ese canto es de buscar novia. ¿Te sabes también el de cuando quiere comer?

Ramón se puso colorado. Pero insistió:

—A mí me gustan mucho los pájaros. Cuando era pequeño, salía con mi padre a buscarlos, y él me enseñó muchos cantos de pájaro. Charly, ¿te has traído la *tablet*?

Charly siempre llevaba la *tablet* encima. Normalmente, para ver partidos de fútbol o para leer las noticias de los diarios deportivos.

—Claro.

—Pues, por favor, busca qué es un pardillo.

Charly tecleó algo en la *tablet*, y para sorpresa de todos, en la definición de «pardillo» apareció un pajarito. Quizá no tan bonito como lo había pintado Ramón, pero tampoco estaba mal.

—¡Coño, Ramón! Sabes más que todos estos —ahí a Álex la eñe le salió clarita, clarita.

—¡Álex, no digas tacos, hombre! —le regañó Ramontxo.

—Vale —Álex se disculpó, pero no se podía aguantar la cara de pillo—, pero sabes más que todos estos juntos. Pues yo quiero que nos llamemos como el pajarito.

A Marta también empezó a gustarle la idea.

—La verdad es que la historia es muy bonita. Charly, ¿me dejas la *tablet?*

Rápidamente se puso a buscar en YouTube y en unos minutos en el bar empezaron a sonar cantos de pardillos de todo tipo: en el campo, en una jaula...

Lucas, que estaba entretenido comiéndose las migas de bocata que se les iban cayendo a los niños al suelo, se volvía

loco cada vez que oía algún canto. Pero lo más increíble de todo es que los cantos que salían de la *tablet* se parecían al silbido de Ramón.

A Miguelón la historia le había dejado pasmado.

—¿Entonces, el nombre del pueblo es por este pajarito?

—Claro —contestó Ramón, que estaba orgulloso de los resultados de las búsquedas en Internet—. Se ve que por aquí había muchos, cuando todo esto era campo. Y seguramente alguien decidió poner nombre al pueblo en honor al pajarito.

—Pues yo por aquí no he visto ninguno como estos —apuntó Charly.

—Porque no sabes buscarlos. Puede que sí los hayas visto y los hayas confundido con un gorrión, porque no todos tienen el pecho rojo. Además, es un pájaro muy tímido, que se esconde mucho.

Con el tiempo, los chicos descubrirían que el nombre del pueblo no tiene mucho que ver con el pajarillo. Era otro invento de Ramón. Pero esa tarde estaban tan fascinados con el descubrimiento que a nadie le entraron dudas.

—Pues es una historia muy bonita. No estaría mal llevar el nombre del pueblo —añadió Lian—. A mí me gusta mucho lo del pajarito. Es muy original.

Miguelón empezaba a verse en minoría.

—Original sí que es. Ahora, ya veréis el cachondeo cuando nos llamen pardillos en todos los pueblos de los alrededores. Ramón, te vas a tener que venir con nosotros a los partidos para explicarlo.

Y Charly sentenció:

—Eso, Ramón. Y cuando alguien pregunte, tú les silbas el canto del pardillo. Va a ser el equipo más conocido de la región.

—Ja, ja, ja —rieron todos.

El caso es que lo del Pardillo estaba prosperando.

Pero fue Charly quien remató la idea.

—Charly, ¿hay algún equipo de fútbol con nombre de pájaro? —le preguntó Marta.

Charly se lo pensó.

—Así, que se me ocurra, en Inglaterra hay algunos. El Tottenham lleva un pájaro en el escudo. Aunque es casi más bien como un gallo. Bueno, el Norwich y el West Bromwich sí que llevan un pajarillo. El del Norwich es un canario. Y en las ligas americanas hay varios equipos con nombre de pájaro. Los Cardinals llevan el nombre de un pájaro muy curioso. Los Ravens son «los Cuervos». Y luego hay muchos equipos que llevan nombre de águilas y de halcones.

—Pues a lo mejor no está tan mal —rezongó Miguelón a regañadientes.

Y, entonces, Charly recordó algo:

—¿Sabéis que a uno de los mejores futbolistas de la historia le pusieron por apodo el nombre de un pájaro?

—¿A quién? —preguntaron todos.

Charly buscó una foto en la *tablet*.

—Aquí está: el gran Mané Garrincha. Garrincha —explicó Charly— era un jugador brasileño que nació con varias malformaciones. Tenía una desviación en la columna vertebral, una pierna varios centímetros más larga que la otra, los pies girados hacia adentro y sufrió poliomelitis. Le operaron de niño para corregir el defecto de las piernas y no quedó bien. De hecho, fueron sus hermanos los que le pusieron el apodo de Garrincha.

—¿Garrincha es el nombre de un pájaro? —preguntó Gabi.

—Sí —continuó Charly—. Un pájaro de la región del Amazonas, que es feo y torpe, y también bastante rápido. Vamos, que le describía bien.

—¿Y cómo se curó? —intervino Miguelón—. Porque para ser futbolista, con esas piernas...

—Te equivocas, Miguel. No se curó. Lo que hizo fue utilizar su aparente debilidad a su favor. Garrincha era muy rápido. Se paraba, amagaba, y los rivales nunca sabían cuándo iba a arrancar. Cuando lo hacía, nadie podía seguirlo.

Charly puso un vídeo. Era tal como él decía: Garrincha controlaba el balón, se paraba como si el árbitro hubiese pitado. Luego amagaba. O seguía. Y cuando arrancaba de verdad, el defensa ya no tenía opción de pararle.

A Gabi le recordó otra situación.

—¡Marta, eso es lo que me hiciste *vos* recién en el gol regañado!

Marta se ruborizó. La jugada del gol regañado se parecía un poco, sí.

A Álex le picó la curiosidad.

—Pero este Garrincha —dijo, esforzándose en poner muchas erres—, ¿siempre hacía lo mismo?

—Bueno —prosiguió Charly—, era su jugada favorita, pero lógicamente hacía muchas más cosas. Y, sobre todo, hacía una que era por la que la gente lo quería tanto, y que vosotros no debéis olvidar nunca.

—¿Cuál? —preguntaron todos.

—Él jugaba al fútbol para divertirse. Solo para divertirse. A veces intentaba cosas que no parecían lógicas, pero confiaba en su habilidad y, al final, le salían bien. Y regateaba, jugaba con el balón... A los contrarios los volvía locos. El público le adoraba por eso. Se divertían viéndolo. Cuentan que, cuando acabó la final del Mundial del 58, el primero que ganó Brasil, lo primero que preguntó fue: «¿Contra quién es el próximo partido?». Le explicaron que ya no había más partidos, que ya era campeón del mundo..., y dice la leyenda que se puso muy triste y que lloró, porque más que ser campeón, él lo que quería era seguir jugando partidos. No sé si aquello fue así de verdad, pero desde luego encaja muy bien con su carácter.

»Cuando estéis jugando —insistió Charly—, acordaos de eso. De que lo importante es jugar, divertirse, intentar cosas. Hombre, y si os salen bien, mucho mejor.

—Pues eso es precisamente lo que queremos hacer nosotros: tener un equipo para jugar todos y divertirnos —dijo Marta—. Y, si queremos ser como Garrincha, lo lógico es que el equipo se llame Pardillo Club de Fútbol, ¿no? —el resto de la pandilla asintió con la cabeza.

—Bueno, pues si os emperráis, nosotros también tendremos nombre de pájaro —accedió Miguelón—. Por cierto,

Charly, lo que no tenemos es entrenador. ¿Te gustaría serlo tú?

Charly había entrenado el curso anterior a un grupo de juveniles, pero había acabado un poco a disgusto porque los chicos no se lo tomaban muy en serio. Ahora, viendo a aquel grupo de chavales, la idea le pareció fenomenal.

—Desde luego que sí, pero con una condición.

—¿Cuál? —preguntó Miguelón.

—Ramontxo tiene que ser el presidente de honor.

—¡Eso! —respondieron todos.

Y Ramontxo se sumó a la idea:

—Vale, seré vuestro presidente de honor. Y no solo eso, sino que, como presidente, os voy a hacer dos regalos. El primero es un consejo: quiero que, si formáis un equipo, sea «irrompible». Y para explicar qué quiero decir con eso, os voy a hacer un truco de magia.

CAPÍTULO 6

EL PALILLO IRROMPIBLE

Aquella tarde, en el bar de Ramontxo no había mucha gente, y, cuando no hay mucha gente, siempre pasan cosas. Una de las más divertidas es cuando a Ramón le da por ser mago.

—¡Ay, qué bien! ¡Que Ramón nos va a hacer un truco! —dijo Lian, que además de a los videojuegos, es una gran aficionada a los juegos de manos.

Ramón se puso muy digno y cruzó los brazos, haciéndose el enfadado.

—Os lo he dicho muchas veces: yo no hago trucos. Yo hago magia.

—Venga, Ramón, haznos un truco de magia —le animó Miguelón.

Ramón volvió a protestar:

—Y dale; que no son trucos. Que es magia.

—Bueno, Ramón, pues haz magia —le dijo Charly, riendo desde el otro lado de la barra.

—Venga, pues vamos a hacer magia —y Ramón empezó con su espectáculo—. Hoy me han traído en el reparto una caja de palillos, y enseguida me he dado cuenta de que hay uno que es mágico. Es irrompible. Bueno, se puede romper, pero él solito se reconstruye y vuelve a ser como era aunque alguien lo haya roto.

—Venga ya, Ramón —dijo Miguelón, que era el más incrédulo de todos.

—¿No te lo crees? —le retó él.

—Eso es imposible —dijo Marta, entrecerrando los ojos.

Ramón le tendió un palillo a la chica.

—Mira: ¿a que parece un palillo normal? Pues coge este rotulador rojo y píntalo —Marta asintió, cogió el rotulador e hizo una marca en el palillo—. Ahora os voy a demostrar que es un palillo mágico. Irrompible. Voy a necesitar también un pañuelo mágico y unos polvos mágicos —Ramón cogió un paño de cocina. Lo agarró por una esquina, lo sacudió y se lo enseñó a los niños—. ¿Veis el pañuelo?

—Es un trapo, Ramón —dijo Miguelón, limpiándose las migas que se le habían quedado en la barbilla.

—Y dale… Pues yo te digo que es un pañuelo mágico, pero si no te lo crees, no hay magia.

—Sigue, Ramón —le dijeron todos al unísono.

Ramón extendió el trapo en el mostrador.

—Marta, pon el palillo en el centro —le pidió.

Marta colocó el palillo en el centro. Ramón se remangó y dobló el trapo con cuidado, tirando con dos dedos de las esquinas. El palillo quedó envuelto en el centro. Luego cogió el trapo, lo palpó y enseñó a los chicos el lugar donde había quedado el palillo envuelto por el trapo.

—Podéis tocarlo.

Los niños obedecieron.

—¿Es el palillo de Marta? —quiso saber Gabi.

—Pues claro, ¿qué palillo va a ser si no? —Ramontxo le dio un golpecillo con los nudillos en la cabeza al argentino—. Ahora necesito un voluntario para romperlo.

Se lo ofreció a Álex, y Álex lo partió.

¡Crac!

—¿Algún voluntario más? —preguntó Ramón.

A continuación, lo partieron Lian y César. *¡Crac, crac!* Aquel palillo estaba roto en muchos trozos. A lo mejor el palillo no era tan irrompible como decía Ramón…

—Bueno, está roto, ¿no? Pues ahora es donde intervienen los polvos mágicos —Ramón agarró el salero.

Y Miguelón rápidamente respondió:

—Ramón, eso es sal de la que echas a las hamburguesas.

Todos rieron.

—Sí, pero es sal mágica. Por eso las hamburguesas salen tan ricas —echó un puñado de sal con los dedos, colocó el trapo sobre el mostrador y empezó a desenvolverlo—. ¡¡¡Tachán!!!

El palillo estaba intacto, en el centro del paño, con la marca roja que había hecho Marta.

—¡¡¡Hala!!! —entre los niños y los clientes que había en el bar se produjo una ovación general.

—¿Seguro que es el palillo de Marta? —protestó Miguelón.

Ramón sujetó el paño por una esquina con dos dedos y lo levantó muy despacio. El palillo cayó sobre el mostrador.

—Que lo diga Marta.

Marta lo cogió.

—Sí que lo es, Ramón. ¿Cómo lo has hecho?

—Ya os lo he dicho. Es magia —Ramón se dio la vuelta con mucha ceremonia y se metió en la cocina. Algunos de los niños miraban el palillo. Otros aplaudían—. Y, ahora, el consejo: cuando estéis jugando con los Pardillos, acordaos del palillo mágico. Aunque a todo el mundo le parezca que está roto, nunca lo está. Vuestro equipo tiene que ser igual. Cuando lleguen malos tiempos, tiene que aparecer siempre intacto, como el palillo irrompible.

—¡Hazlo otra vez, Ramón!

Pero los chicos sabían que Ramón nunca hace un truco de magia dos veces seguidas. Dice que es una ley de los magos.

**AL FINAL DEL LIBRO
TE ENSEÑAMOS CÓMO HACER
EL TRUCO DEL PALILLO
IRROMPIBLE**

—Oye, Ramón, ¿y el segundo regalo? —le preguntó Miguelón cuando se dio cuenta de que no se iba a dejar convencer para repetir el truco.

—El segundo regalo es que yo os voy a regalar el primer juego de camisetas del Pardillo Club de Fútbol.

—¡Genial! —respondieron los niños.

Solo a Charly le causó un poco de duda el ofrecimiento:

—Fantástico, Ramontxo. Pero, por favor, que no sean tan feas como la camisa que traes siempre a trabajar.

Todos rieron.

Pero la verdad es que Charly había dado en el clavo.

CAPÍTULO 7

UNAS CAMISETAS... RARITAS

Miguelón siempre se lo toma todo muy en serio. Eso incluye, claro, su labor como capitán. Porque en la reunión en el bar de Ramontxo en la que quedó constituido el Pardillo Club de Fútbol, no solo se decidió que Charly fuera el entrenador y Ramontxo el presidente de honor: Miguelón fue elegido capitán. Así que, la primera decisión que tomó como capitán, el mismo día de su nombramiento, fue convocar una «merienda de motivación» en su casa para el día siguiente:

—Mañana, a las cinco, todos a merendar a mi casa. Para hacer grupo, como dicen los profesionales —propuso.

—A ti cualquier excusa te parece buena para merendar, Miguelón —replicó Marta con una sonrisa—. Pero ahora que tenemos entrenador, ya verás qué poco va a tardar en ponerte a dieta.

—Bueno, pues mientras me pone o no me pone a dieta, habrá que aprovechar —dijo, relamiéndose mentalmente.

Así que el recién constituido equipo de los Pardillos se presentó a las cinco en punto en el portal de la casa de Miguelón. Marta llamó al telefonillo y Miguelón les abrió la puerta para que fueran subiendo.

La madre del capitán había preparado una cacerola enorme de arroz con leche. Le sirvió un cuenco a cada uno y dejó una fuente en la mesilla de la salita de estar por si alguien quería repetir.

Además de para merendar, el equipo había quedado para jugar al fútbol en la salita de la casa de Miguelón. Pero como a sus padres un partido de fútbol en directo no les iba a hacer mucha gracia, Lian se había traído el *Soccer World Champions Pro 2015*. Lo ultimísimo en videojuegos de fútbol. Tan nuevo que conservaba incluso el plástico de embalaje.

Los Pardillos se dividieron en dos equipos: Marta, Gabi y Miguelón por un lado y Álex, César y Lian por otro. Para que los equipos estuvieran equilibrados, Paula hacía de árbitro, anotando las puntuaciones y mediando en los torneos. La partida consistía en que dos de cada equipo jugaban un partido y el que perdía quedaba fuera.

Miguelón fue el primer eliminado jugando contra César, en un partido en el que el Atleti le dio una paliza al Madrid. La verdad es que Miguelón no había puesto mucho empeño

en ganar. Le entregó el mando a Gabi para que pudiera seleccionar a River en el juego, y se sentó justo al lado de la fuente de arroz con leche. Y, claro, se sirvió un poco más.

Lian, aunque no era la más aficionada al fútbol del grupo, tenía una habilidad natural para los videojuegos. Era la primera vez que jugaba con aquel, pero al cabo de un par de partidos, ya dominaba combinaciones de teclas que le servían para rematar de chilena, de volea, de tacón. Y, claro, les dio una paliza a todos.

César la miraba, atónito:

—¿Cómo haces esto? ¿Y esto otro?

Lian tampoco se esforzaba mucho en desvelar sus secretos:

—Mira: así, así y así.

Y mientras César miraba los dedos de Lian, la niña le metía otro gol de chilena.

Todos los del equipo de Miguelón habían sido fulminados. Luego jugaron entre los miembros del mismo equipo, y el Barça de Álex quedó eliminado a la primera, mientras que César y Lian empataron.

La final la jugaron el Atleti contra el Guangzhou. Vamos, César contra Lian.

Ahora, los Pardillos al completo habían formado un corrillo alrededor de los dos amigos, pero estaba claro que iban con Lian. Incluso la madre de Miguelón se había acercado a la salita, atraída por el jaleo, y observaba divertida cómo aquella chica ganaba a todos los chicos en un videojuego de fútbol.

Porque fue una paliza. Los desconocidos jugadores chinos hacían malabarismos con el balón mientras César intentaba sin éxito que Arda Turán y Torres se acercaran a la portería contraria. No había manera.

Lian solía matar el tiempo jugando a la videoconsola en la tienda de sus padres. A juegos de fútbol no jugaba mucho, pero una vez les pillaba el tranquillo, era invencible. El resultado fue bochornoso para César.

Mientras Lian lo celebraba con el resto de chicos, Álex fue a buscar un poco más de arroz con leche. Pero en la fuente no quedaba nada. Luego miró a Miguelón, que daba la sensación de tener un enorme bigote blanco sobre el labio.

—Miguelón, te has acabado todo el *aroz*.

Los chicos miraron al anfitrión, que se sintió delatado.

—Se dice arroz, Álex, arroz —Miguelón trató de desviar la atención a otros temas.

—Pues yo creo que se dice *ñam-ñam,* porque te lo has comido todo. ¡Ja, ja, ja! ¡Si tienes hasta bigote!

Todos rieron la ocurrencia de Álex. Mientras se limpiaba con la manga la prueba del delito, y puesto que la fuente de arroz estaba vacía, Miguelón decidió cambiar de escenario:

—Venga, ¿bajamos al parque y jugamos al fútbol de verdad?

A todos les pareció buena idea salir a tomar un poco el aire, pero justo cuando se disponían a salir, apareció don Miguel, el padre de Miguelón.

Venía cargado con una caja enorme. Y el lateral de la caja no dejaba lugar a dudas: viendo la marca, se trataba, seguro, de material deportivo.

—Chicos, Ramontxo me acaba de dar esto para vosotros. Me ha dicho que es un regalo.

—¡Las camisetas! —se adelantó César.

—¡Sí, seguro que son las camisetas! —confirmó Álex.

Miguelón sacó unas tijeras y se las dio a César para que abriera la caja.

—¿Cómo serán? —se preguntó Lian.

—Espero que blancas —dijo Miguelón.

—Ya estamos —replicó Álex—. Pues ojalá sean azulgranas.

—Si se parecen a las del Barça, yo no me las pongo —dijo Miguelón, medio en broma medio en serio.

César abrió la caja:

—No os preocupéis —dijo, con una cara que era un poema—. No son ni del Madrid ni del Barça ni del Atleti. Son…
—hizo una pausa—. Son… curiosas —remató.

—Venga, hombre, esto tiene que ser una broma —dijo Marta al sacar la primera camiseta de la caja.

—¿En serio Ramón quiere que os pongáis esto? —opinó Paula—. Solo se salva, un poco, la del portero, porque las demás…

—Venga ya —añadió Álex con cara de desaprobación. Estaba a punto de pronunciar una eñe clarita, clarita, pero se dio cuenta de que don Miguel seguía allí y se calló.

—Sí que son raritas, sí —dijo Miguelón, tratando de poner al mal tiempo buena cara, sin conseguirlo.

Don Miguel, el padre de Miguelón, que había seguido la escena en silencio, trató de quitar hierro al asunto:

—Bueno, son originales. Es importante que vuestro equipo se distinga de los demás. Y, desde luego, con estas camisetas, se va a distinguir —y se le escapó una sonrisa.

Las camisetas en cuestión eran de color amarillo crema, con rayas horizontales de color marrón y el cuello rojo. La combinación no gustó mucho a las chicas. Bueno, ni a los chicos tampoco. Pero lo más curioso es que en el pecho, donde debía ir el escudo, lucían la silueta de un pajarillo.

—Solo nos falta ponernos a hacer el canto ese del pardillo, como Ramontxo —bromeó Álex.

Pero nadie hizo caso de su broma.

Gabi creyó encontrar la solución:

—Ya sé: podemos comprar unas camisetas blancas de segunda equipación. Y cada vez que se pueda, decimos que coinciden los colores y nos ponemos las blancas.

—¡Claro! —remató Marta, burlona—. Como que vamos a coincidir muchas veces con otros equipos que lleven un uniforme amarillo, marrón y rojo. Nos va a tocar jugar siempre con las del pajarito.

Los chicos se quedaron mirando a Marta. Tenía toda la razón. La solución de Gabi no valía.

—Podéis decirle a Ramón que el pajarito era tan realista que el gato de mis abuelos se las ha intentado comer y las ha destrozado —propuso Paula.

Todos rieron la broma.

—Eso tampoco sirve —señaló Álex—. Seguro que Ramón nos compra más.

Don Miguel intervino:

—Chicos, lo que os pasa es que ahora os resultan muy novedosas. Cada uno os habíais imaginado vuestro uniforme ideal, y el diseño os ha sorprendido. Pero es mejor así: no es la camiseta favorita de ninguno de vosotros, así que pronto será la de todos. Y ya veréis como puestas os parecen mejor.

—Pues a mí me gusta el pajarito —opinó tímidamente Lian.

Los chicos rieron.

Don Miguel dijo la última palabra:

—¿No ibais a ir a jugar al parque? Pues creo que lo mejor que podéis hacer es estrenarlas, pasaros por el bar y darle las gracias a Ramontxo.

Y eso hicieron: se pusieron las camisetas, los chicos en el salón, y las chicas en la habitación de Miguelón, bajaron a la calle con los modelitos y, a toda pastilla, para que no los viera nadie, pusieron rumbo al bar de Ramontxo.

Cuando Ramón vio entrar a los chicos en el bar, no pudo disimular su orgullo. Ahí estaban Miguelón, Gabi, Marta, Lian, Álex y César con su flamante uniforme.

—¡Olé mis niños! ¡Qué guapos estáis! —exclamó Ramón.

—Sí, bueno… —respondió Marta sin mucho entusiasmo.

—¿A que son preciosas? Y muy originales —Ramontxo no podía disimular lo orgulloso que estaba de su diseño.

Desde luego, los chicos no estaban tan entusiasmados como él.

A Miguelón le salió lo que estaban pensando todos a borbotones:

—Pues mira, Ramón, muy futboleras no son. Yo quería que fueran blancas, Álex que fueran azulgrana, Gabi querría la camiseta de River, a César le habría gustado la del Atleti... Y, con estos colores, pues lo mismo damos un poco el cante cuando juguemos por ahí. Ah, y el pajarito...

—A mí me gusta el pajarito —le cortó Lian.

—Sí, el pajarito le gusta a Lian —concluyó César.

—Ya veo —respondió Ramón—. ¿A vosotros os gustaría copiar la camiseta de algún equipo que ya existe?

—No es eso —respondió Miguelón—. Pero la verdad es que no nos las esperábamos así. ¿Cómo se te han ocurrido los colores, Ramontxo?

—Pues muy fácil —explicó Ramón—. He estado en una tienda en la que diseñan las camisetas que tú quieras. Una chica, con un ordenador, te da a elegir diseños y colores. Y he pensado que como mis chicos son muy especiales, merecen llevar una camiseta muy especial.

—¿Y has elegido los colores del bar? —preguntó Álex mientras comprobaba que las paredes eran de color vainilla y el mostrador de madera oscura.

—¡Qué va! —le aclaró Ramón—. ¿Os acordáis de la foto del pardillo que vimos en la *tablet* de Charly? Pues le he dicho a la chica: «Vamos a combinar los colores de este paja-

rito y a ver qué sale». Y ha salido esto, que es precioso. Ya veréis cuando juguéis cómo llama la atención. Y, para que no queden dudas —prosiguió Ramontxo—, en el pecho hemos puesto una foto del pajarillo, que está más chulo que un ocho. Como vosotros.

—Menos mal que no escogimos un loro. Podría haber sido *terible* —dijo Álex, poniendo cara de malo.

—Tú sí que eres terrible. Con muchas erres —le corrigió Gabi.

—Bueno, Ramón, pues vamos a estrenarlas al parque. Solo habíamos pasado a darte las gracias —dijo Miguelón.

—No le llames Ramón —apuntó César—. A partir de ahora hay que llamarle Presidente.

—O también podemos llamarle Giorgio Armani —bromeó Marta.

CAPÍTULO 8

UN ENTRENAMIENTO PINCHADO

En el campito de fútbol, con sus camisetas nuevas, los chicos iban a tener su primer entrenamiento informal. Sin embargo, faltaban jugadores, porque no podían ser siete justos. Habría que hacer cambios. Y, además, Paula se iría en cuanto empezara el curso.

De hecho, después de la visita al bar de Ramón para enseñarle las camisetas, se despidió. A Miguelón le pareció que estaba un poco triste por no poder formar parte del equipo a tiempo completo.

De camino al campito, Miguelón le iba comentando a Marta sus preocupaciones.

—Si Guille y Ángel fueran más formales, el equipo estaba hecho —le estaba explicando—. Pero con Guille y con Ángel nunca se sabe...

Ángel y Guille son dos chicos que Miguelón conoce del colegio. Inseparables siempre, y perezosos los dos. Con ellos

87

se puede contar para cualquier cosa, siempre que no sea a primera hora de la mañana. No son de los más puntuales para llegar a clase, y, los sábados, sus madres tienen que sacarlos a empujones de la cama...

No eran muy buen material de equipo, precisamente, pero después de la reunión de los Pardillos en el bar, Miguelón los había llamado por teléfono para preguntarles si les gustaría formar parte del Pardillo Club de Fútbol.

—Y si Paula pudiera quedarse... —añadió Marta—. Pero Paula, en cuanto empiecen las clases en septiembre se vuelve a Madrid con sus padres, así que no creo que pueda venir a los entrenamientos, y quizá ni siquiera puedan traerla a los partidos.

—Yo creo que le gustaría jugar con nosotros —respondió Miguelón—, pero desde que empezamos a hablar de hacer el equipo, del nombre y todas esas cosas, me da la impresión de que se siente un poco marginada.

—Ojalá pudiera quedarse. Ya sabes que a mí me cae genial —confesó Marta.

—Y además está muy buena, todo hay que decirlo —replicó Miguelón, guiñándole un ojo.

—Desde luego, cuando os ponéis en ese plan... —Marta cortó la conversación, molesta.

Cuando llegaron al campo, se dividieron en los mismos equipos que habían hecho para jugar a la consola: Lian, César y Álex contra Miguelón, Gabi y Marta. No habían empezado a jugar cuando apareció Ángel con dos chicos de Santa Eulalia.

—Hola, ¿podemos jugar? —preguntó Ángel.

Miguel miró primero a Álex, por el incidente que habían tenido con Lucas el día anterior. Álex no parecía muy contento de verlos, así que Miguelón se volvió hacia Ángel y le respondió:

—Es que ya estamos justos. Además, con vosotros seríamos impares.

Los otros dos chicos, Rubén y Mario, no estaban entre los que se habían metido con Álex y Lucas, pero al fin y al cabo... eran del Santa Eulalia.

—Bueno, si no queréis que juguemos, no pasa nada. Ya nos vamos —dijo Rubén en tono amable.

Ángel se acercó a Miguelón:

—Miguel, que estos no son como los otros chulitos de esa urbanización. Son buenos chicos, de verdad. Además, vamos a necesitar más jugadores si hacemos en serio lo del equipo ese que me comentaste ayer.

—A ver, espera un momento —le respondió Miguelón.

Luego se reunió con el resto de la pandilla. Charlaron en corrillo y parecieron ponerse de acuerdo. Gabi tomó la palabra:

—Dale, juguemos todos. Como ustedes son tres y ya tenemos los equipos hechos, jugaremos al Rey de la Pista, a lo ancho del campo. Equipos de tres jugadores; gana el que meta tres goles. El equipo que pierda descansa y entran ustedes.

—Genial —contestó Ángel.

—Yo me pongo de portero, que me está pesando un poco el arroz con leche —dijo Miguelón.

—¡Cómo no te va a pesar, si te has comido hasta la cuchara! —le replicó César.

En el otro equipo se puso de portera Lian. En el campo quedaron Gabi y Marta contra Álex y César.

Charly, que justo estaba saliendo del bar cuando empezaba el Rey de la Pista, se había acercado a ver qué nivel tenían sus nuevos jugadores.

Enseguida sacó sus propias conclusiones: Gabi y Marta se entendían de maravilla. Marta era atrevida con el balón, rápida, centraba muy bien. De ahí saldría un buen extremo. Gabi no se esforzaba mucho, quizá porque era consciente de que, técnicamente, era el mejor de todos. Así que le gustaba atacar, pero a la hora de defender dejaba sola a Marta. Sin duda tenía habilidad para hacer goles.

Es bueno, pero si quiere estar en el equipo, va a tener que prestar un poco más de atención a la defensa, pensó Charly.

En el otro equipo, los papeles también estaban claros. César era el más lento, pero usaba bien su estatura: defendía y atacaba muy bien de cabeza, y cuando tenía el balón, se lo daba enseguida a Álex.

Álex, sobre todo, era pillo: si Gabi se despistaba un poco, aparecía rápido para quitarle el balón desde atrás. Si alguien cedía al portero, allí estaba Álex para robar el balón. Al revés que Gabi, Álex no se cansaba de subir y bajar. Estaba en todas partes.

Lo de la portería era otra cosa.

Era... un desastre.

Miguelón no destacaba por su agilidad, y el exceso de arroz con leche le había dejado para el arrastre. Si le chutaban por abajo, ni siquiera hacía intención de tirarse. Era gol seguro. Por arriba, como tampoco era muy alto, también tenía problemas. Y para terminar de remediarlo, no dejaba de tocarse la barriga.

Y a Lian, definitivamente, se le daba mejor el fútbol virtual que el de verdad. Además, se distraía con el vuelo de una mosca. En el primer gol, un tiro de Gabi, protestó con un «No vale chutar fuerte».

El tercero, que metió Marta, fue aún peor.

Marta aprovechó un pase adelantado de Gabi, superó por velocidad a César y, cuando fue a chutar, se dio cuenta de que el portero había abandonado la portería.

No es que hubiese salido del área: es que no estaba. Así que empujó el balón suave por el centro. Fue el gol más fácil de su vida.

—Lian, ¡¿se puede saber qué haces?! —gritó César.

—Estoy acariciando a Lucas, que nadie le ha hecho caso en toda la tarde —respondió Lian con un hilo de voz.

—Pues ya si quieres quédate ahí, porque hemos perdido el partido.

Efectivamente, la portera estaba detrás de la portería, acariciando el cuello del *perito* de Álex, que movía la cola agradecido.

En la portería tenemos un problema, pensó Charly, apoyado en la barandilla.

El gol de Marta era el 3-2, así que le tocaba jugar al equipo de Ángel y los dos chicos del Santa Eulalia.

Rubén se puso de portero, Ángel se encargaba de la defensa y Mario era el delantero, aunque como el diablillo rumano de los Pardillos, intentaba estar en todas partes.

El partido empezó muy mal para Miguelón, Gabi y Marta.

En la primera jugada, Ángel pasó a Mario, este tocó muy rápido y desbordó a Gabi con facilidad. Se plantó ante Miguelón y chutó abajo.

Miguelón no hizo ni por ir a buscarla.

—¡¡¡Gooooool!!! —gritaron los compañeros de Mario.

En el ataque siguiente, Marta pasó a Gabi, que estaba claramente picado con Mario. Intentó regatearle, pero, a diferencia de Gabi, Mario sí que defendía. Intentaba un regate, y otro, y otro, pero Mario seguía delante, tapándole el tiro.

Gabi vio el desmarque de Marta, le pasó el balón, y Marta le pegó de lleno con el empeine. Directo a la escuadra.

Para sorpresa de todos, cuando Marta ya estaba celebrando el gol, apareció la mano de Rubén. Había volado como los porteros de Primera División. Atrapó el balón con las dos manos y cayó hecho un ovillo.

Ninguno de los Pardillos era capaz de parar así.

Rubén sacó rápido con la mano hacia Mario. Gabi no le siguió, porque todavía se estaba lamentando de la parada de Rubén. Marta trató de cubrirle. Bajó como un rayo a por él, pero Mario tenía ventaja. La quebró y se la tiró por encima a Miguelón.

2-0.

Marta se encaró con Gabi:

—¿Vas a bajar alguna vez a defender o te piensas quedar todo el rato arriba mirando a ver qué pasa?

A Gabi aquello no le estaba gustando nada. Mario se movía en su misma posición.

Gabi estaba convencido de que era el mejor jugador de los Pardillos, pero aquella exhibición ponía muy en duda quién era el mejor del equipo.

Y, encima, Charly estaba mirando y no paraba de apuntar cosas en la *tablet*.

Ángel apenas aportó nada, pero después de dos paradas de Rubén y dos remates más de Mario, el partidillo estaba liquidado. 3-0.

Marta se acercó a Mario y le dio la enhorabuena:

—Juegas muy bien. Me ha encantado.

—Tú también juegas muy bien, pero hoy estabas demasiado sola en el equipo —Mario le devolvió el cumplido.

—Estamos montando un equipo para jugar torneos de fútbol siete. Si queréis apuntaros, nos podéis venir muy bien —Miguelón se dirigió a Rubén.

—Antes jugábamos en el equipo de la urbanización de Santa Eulalia —respondió Rubén—, pero no nos gusta mucho el ambiente del equipo. Así que, por mi parte, genial.

—Yo también me apunto —añadió Mario.

—Vamos a tomar un refresco al bar de Ramón. ¿Os venís? —los invitó Marta.

—No podemos. Tenemos que estar ya en casa. Otro día —respondieron los nuevos.

Gabi se retiró, refunfuñando.

Los Pardillos se quedaron hablando en la cancha. Los dos nuevos se acercaron a Lucas, que seguía detrás de la portería, le hicieron unas caricias y se marcharon.

Ángel se apuntó un tanto:

—Ya os había dicho que eran buena gente. Y juegan muy bien. Son perfectos para el equipo.

—Pero son de Santa Eulalia, y los de Santa Eulalia no son de fiar. Seguro que traerán problemas —protestó Gabi.

—A mí me han caído muy bien —señaló Lian.

—Oye, ¿y si en vez de ir al bar de Ramontxo seguimos jugando un rato? —cortó Álex—. Ahora que somos siete podemos hacer un cuatro contra tres.

Álex se fue a por el balón, que estaba junto a Lucas. Lo botó, pero, al tocar el suelo, se dio cuenta de que estaba pinchado.

—Oye, no vamos a poder jugar. Esto está *roto* —dijo Álex, pronunciando «roto» arrastrando la erre.

Miguelón lo recogió y lo examinó.

—Habrá sido Lucas. Mira, tiene un agujero.

—No digas tonterías: Lucas no tiene la boca tan grande.

Además, no muerde balones. Está muy bien enseñado —se defendió Álex—. Habrá sido de rebotar con la esquina del poste, o con una canasta.

—Da igual cómo haya sido. Por hoy, fin del partido, ¿no? —concluyó Marta—. ¿Vamos donde Ramón a por ese refresco?

CAPÍTULO 9

RAMONTXO AL RESCATE

—¡Mira esos, vaya pinta! ¡Palurdos! —dijo la primera voz.

Era uno de los matones de Santa Eulalia que se habían metido con Álex el día anterior.

—¡Menudas camisetas! ¿Ya es carnaval?

—¿A eso le llamáis equipo? Sois un chiste.

Por lo visto, ya sabían que pretendían formar un equipo... Y si realmente empezaban a jugar en alguna liguilla, terminarían jugando contra ellos.

—¡Mira, vaya panda de nenazas! —siguieron los insultos.

—Si no tienen ni balón. ¡Está pinchado!

—¡Ja, ja, ja, ja, ja!

De camino al bar, lo peor que le podía pasar a los Pardillos era cruzarse con los de Santa Eulalia. Parecía como si les hubiesen estado esperando, porque allí estaban todos: el equipo de la urbanización al completo.

Miguelón fue el primero en responder:

—¿Qué os pasa, pringaos? Cuando queráis aprender a jugar al fútbol, nos lo decís y os enseñamos.

—Mejor os enseñamos nosotros cuando vosotros queráis. ¿Vais a venir con esas camisetas que parecen un anuncio de pollo frito? —dijo el más grandote de todos—. Ja, ja, ja —se carcajeó en su cara.

El ambiente entre los Pardillos no estaba muy allá como para responder. Se habían quedado sin balón, Gabi estaba raro, a Álex le había sentado mal que hubieran acusado a Lucas de pinchar el balón…

Pero Miguelón no entendía de desánimos.

—Si queréis, os enseñamos un poquito de fútbol la semana que viene, antes de que empiece el Torneo de la Sierra —la idea de Miguelón era que Charly empezara a entrenarlos para participar en ese torneo—. Un partido formal, en vuestro campo, con árbitro y todo.

—Vale, pero traed a vuestras mamás, y decidles que os lleven pañuelos, por si al final os entran ganas de llorar —el grandullón debía de ser el capitán, porque era el que llevaba la voz cantante.

—Va a llorar quien yo te diga, imbécil —Miguelón estaba ya enfurecido.

—Déjalo ya —replicó Marta—. Jugamos ese partido, les callamos la boca y ya está. Pero de momento tenemos que conseguir otro balón, porque ya me dirás cómo vamos a entrenar mientras tanto.

Ramón notó enseguida que algo pasaba. Los chicos le pusieron al día: los dos chicos del Santa Eulalia con los que habían jugado en el parque, el pique de Gabi, el balón pinchado...

—¿No tendrás un truco de magia para arreglar el balón? —preguntó César.

Ramón sonrió.

—No, pero déjamelo ver —Ramón examinó un momento la pelota—. Esto no lo ha hecho Lucas, ni tampoco se ha pinchado por golpear nada. Alguien lo ha pinchado a propósito, con un destornillador o algo parecido.

Los chicos se miraron, incrédulos. ¿Quién habría hecho algo así? Gabi estaba enfadado, pero era amigo de todos. No. Gabi nunca haría algo así. Ni Ángel, que a veces gastaba bromas pesadas. Pero una cosa es una broma, y otra muy distinta dejarles sin balón. Los nuevos habían estado todo el rato con el resto. Tampoco podían ser ellos. ¿Charly? Había estado un rato viendo el partidillo y se había ido sin decir nada.

Pero pensar que hubiera sido él no tenía ningún sentido: Charly es buena gente. Además, ¡Charly era su entrenador!

Lo del balón pinchado era un misterio.

Y un fastidio. Porque les iba a dejar unos cuantos días sin entrenar… Justo ahora que habían retado a los chicos del Santa Eulalia a un partido en el que había mucho orgullo en juego.

Ramón propuso una solución:

—A ver, no os voy a regalar un balón bueno, porque bastante me han costado ya las camisetas, pero sí os puedo ofrecer algo: si os encargáis de quitar y poner las sombrillas, de colocar las mesas y de barrer la entrada durante una semana,

os puedo dar una paga a cada uno, y, con eso os compráis uno nuevo mejor que el que teníais y, si queréis, con lo que os sobre, tenéis para guantes de portero, espinilleras...

A los chicos les pareció de maravilla.

—Pero Ramón, ¿una semana? —reclamó Álex—. Eso es mucho tiempo sin entrenar. ¡Que el Torneo de la *Siera* está aquí al lado! —del enfado, se le atropellaron las erres, pero todos lo entendieron y nadie lo corrigió—. ¿No nos puedes dar un adelanto?

—Os puedo dar un adelanto si cumplís los tres primeros días, por ejemplo. ¿Os parece?

A todos les pareció una buenísima idea.

A todos, menos a Gabi.

A Gabi le pasaba algo, y no lo podía disimular.

Marta se sentó a su lado.

—¿Qué te pasa, don Enfadado?

—Nada —replicó Gabi.

—¿No te ha gustado jugar con los nuevos, verdad? —Marta le apoyó la mano en el hombro.

—¡Ah! ¿O sea, que ya son los nuevos? ¿Ya están en el equipo? —Gabi se crispó al contacto de la mano de Marta, un poco porque estaba enfadado, y otro poco porque le ponía nervioso que Marta lo tocara.

—Bueno, parece que estarán. Necesitamos por lo menos un par de suplentes. Además, por mucho que yo quiera que Paula esté en el equipo, lo más seguro es que no pueda. Y está claro que son buenos, le vendrán bien al equipo ¿Por qué te molesta? —Marta no entendía bien qué era lo que preocupaba a Gabi.

—No me gusta que venga gente que no es de la pandilla. *¿Recordás* lo que dijo Charly? Esto es para divertirnos nosotros, no para hacer fichajes. Y menos del Santa Eulalia —aquello era cierto, pero no era toda la verdad.

—Parecen majos. Y además nos han dicho que ya no están en el equipo del Santa Eulalia porque no les gustaba mucho el ambiente —los defendió Marta.

—Pues no sé si vos no lo ves raro, pero *mirá*, vienen dos chicos de allá, se pincha el balón y no sabemos cómo, y cuando salimos del campito está el resto del equipo esperando para meterse con nosotros. No sé. No me gusta —declaró Gabi en tono enfadado.

—No sé, Gabi, no creo que tenga nada que ver. Además, Rubén es buen portero. Y Mario puede ser un delantero fenomenal —Marta acababa de meter el dedo en la llaga.

—Pues si tan bien juega el Mario ese, *quedate* vos con él. A lo mejor el que sobra soy yo. No creo que vayamos a jugar

105

con dos delanteros —Gabi por fin había revelado lo que le preocupaba de verdad.

—No seas tonto, Gabi. En el Pardillo Club de Fútbol no sobra nadie. Y menos tú. Pero si corrieras un poquito más de lo que has corrido hoy para ayudar al resto del equipo, nos vendría bien a todos —antes de que Gabi pudiera replicar, Marta le dijo, imitando su mejor acento argentino—. *Sos un boludo.*

Gabi se sintió mucho mejor.

Un rato después, Marta y Gabi se unieron al resto de los Pardillos, que estaban atareados quitando y poniendo mesas, recogiendo sombrillas y atentos a todo lo que Ramontxo necesitara.

Había que ganarse un balón nuevo.

CAPÍTULO 10

EL ÁRBOL DE LAS BOTAS

El primer entrenamiento que dirigió Charly era muy especial para los chicos. Después de casi una semana de barrer y colocar mesas, con el dinero ganado por todos habían comprado un balón nuevecito. Y no solo eso: Charly los había llevado al campo municipal, un campo reglamentario, no como el de enfrente del bar. Y se habían sumado Ángel y Guille, además de Rubén y Mario.

Así que, al fin, reunían un equipo completo, con suplentes y todo. La que no estaba era Paula; tal como sospechaba Miguelón, desde que habían decidido formar el Pardillo Club de Fútbol, se sentía un poco excluida de la pandilla. Aunque Marta le había insistido mucho para que fuera al entrenamiento, al final puso una excusa y se quedó en casa.

Charly organizó unos cuantos ejercicios de habilidad con el balón, toque y disparos a puerta. Y, para terminar, un partidillo frente a otros chicos de la zona. Nada serio.

Se trataba simplemente de jugar un poco y de ver a los chicos.

Y dio la alineación: Rubén en la portería, César y Ángel de defensas, Miguel, Álex y Marta en el centro del campo y Mario como delantero.

Guille, Lian y Gabi iban a jugar con el otro equipo.

La cara de Gabi fue un poema todo el partidillo.

No hacía más que quejarse de todo. Estaba muy enfadado con el entrenador, consigo mismo y con Mario.

Después del partido, volvió a buscar la complicidad de Marta.

—No seas tonto —lo consoló su amiga—. Mario no es mejor que tú. Pero el otro día, cuando Charly nos vio jugar al Rey de la Pista, probablemente pensó que necesitas trabajar más para el equipo. Yo misma te lo dije.

—No sé —Gabi se acariciaba el pelo, pero esta vez más por nervios que por coquetería—. Los nuevos siempre llaman más la atención, y ese Mario juega bien. A este equipo le sobra un jugador. Al final me voy a terminar yendo yo.

—Verás como hay sitio para los dos —lo tranquilizó Marta—. Además, hemos hecho un equipo para divertirnos, ya lo dijo Charly. No tiene sentido que el primer día ya estés enfadado por nada.

—*Tenés* razón —le contestó con media sonrisa—. Vos sí que la pasaste mal en el equipo de tu colegio, y en vez de quejarte, aquí estás.

Charly interrumpió la charla.

—Chicos, podéis aprovechar para ducharos y cambiaros en los vestuarios. Después os invito a un refresco aquí mismo, en el polideportivo. Tenemos que hablar del entrenamiento, organizarnos para el próximo y hablar del Torneo de la Sierra. Os veo en veinticinco minutos en la cafetería.

Al salir de los vestuarios, Charly estaba sentado a la cabecera de una mesa de plástico, rodeada por diez sillas.

Cuando estuvieron todos sentados a la mesa —Mario y Rubén fueron los últimos en llegar del vestuario—, les dio una pequeña charla de motivación:

—Chicos, habéis hecho muy buen trabajo hoy, pero todavía nos queda mucho por entrenar. Algunos tenéis muy buen perfil técnico —miró a Mario y Rubén—. Y algunos sois muy creativos —miró a Marta y Álex—, y no os para nada. Hay algunos un poco perezosos —miró a Ángel y Guille—, y alguno que tiene que comer un poco menos —le dijo a Miguelón mientras apartaba disimuladamente el cestito de patatas fritas de la mano pringosa del capitán— y correr un poco más. Hay quien sabe hacer muy buen uso de su físico —miró a César—. Pero también hay quien tiene que esforzarse por aprender, y, sobre todo, por no desesperarse —esta vez, Charly clavó la mirada en Lian y Gabi, pero sobre todo en Gabi. Aparentemente, había escuchado la conversación entre Marta y el argentino después del partido—. Lo importante —continuó—, es mantener viva la filosofía de este equipo: aquí cabemos todos. En el Pardillo Club de Fútbol nadie se va a quedar sin jugar, y nos vamos a divertir en equipo. Eso tenedlo por seguro.

Cuando se hubieron terminado los refrescos —y Miguelón repitió de patatas fritas—, Charly los acompañó de vuelta a la urbanización en el autobús para que no fueran solos. Como aún era temprano, se quedaron un rato en el parque, charlando y jugando a tirarle un palo a Lucas.

Al rato de estar allí, Mario buscó el móvil en su bolsa para llamar a casa, y se dio cuenta de que le faltaba algo.

—¡Qué raro! —advirtió a los demás—. Solo tengo una bota. Me falta la izquierda. Yo estoy seguro de haber guardado las dos.

—Te la habrás dejado en el vestuario —le tranquilizó Ángel—. Mañana te pasas por el polideportivo y la recoges.

—Pues a mí también me falta una —añadió Rubén—. Y también es la bota izquierda. Mi padre me va a matar cuando llegue a casa. Me las regalaron por mi cumpleaños el mes pasado.

Los chicos fueron mirando bolsa por bolsa. A todos les faltaba la bota izquierda.

Solo Marta y Lian tenían las dos.

—Chicas, si nos estáis gastando una broma, no tiene ninguna gracia —les soltó Miguelón.

Lian se enfadó muchísimo.

—A mí qué me cuentas. Habrá sido alguien del vestuario de chicos. Uno de vosotros. Nosotras no podemos entrar allí.

La verdad es que en eso tenía muchísima razón.

—Miguel —a Marta también le molestó la acusación—, no sé a qué viene echarnos la culpa a nosotras.

—Ha tenido que ser mientras estábamos en la cafetería con Charly. Esto es un sabotaje *terible* —proclamó Álex, tan enfadado que se le olvidó añadir erres.

Aquella noche, los chicos se quedaron hasta tarde hablando del misterio de las botas. Mario y Rubén tuvieron que irse un poco antes, porque la urbanización Santa Eulalia estaba un poco alejada, pero cuando se marcharon, Gabi no tardó en señalarlos como culpables.

—Acá pasan cosas raras desde que nos juntamos con cierta gente. Primero el balón, ahora las botas…

—Gabi, pero si también se las han quitado a ellos —replicó César.

Y Álex fue incluso más duro.

—Gabi, yo creo que estás celoso con la llegada de los nuevos. A mí me parecen buenos chicos, pero a ti te ha sentado muy mal que te mandaran al otro equipo. Eso no hace que tengan ellos la culpa de todo.

Ángel y Guille estuvieron de acuerdo: ellos conocían un poco mejor a Rubén y Mario, y defendían que eran buena gente.

Gabi se enfadó aún más.

—¿Saben qué les digo? ¡Que me voy a casa! Porque acá pasan cosas muy raras desde que nos juntamos con cierta gente, pero ustedes están ciegos y no lo quieren ver.

Los dos días siguientes transcurrieron sin novedad, salvo que hubo que suspender el entrenamiento que había programado Charly… por ausencia de botas. A todos les había caído una buena bronca en casa. Le contaron su problema al presidente de honor, pero el pobre Ramón no estaba para financiar más equipo deportivo, y los Pardillos estaban bastante desesperados.

No había forma de entrenar. Primero el balón, ahora las botas… y por si faltaba algo, las discusiones sobre Mario y Rubén estaban dividiendo al grupo: Gabi se mostraba cada vez más distante. Lo de formar un equipo no estaba saliendo como los chicos esperaban.

Tres días después de la desaparición de las botas, por la mañana, Ramón llamó a casa de Miguelón.

—Es mejor que avises a los demás y os vengáis para el bar. Creo que tengo una sorpresa para vosotros.

El espectáculo que se desplegaba delante del bar de Ramón era curioso. Justo enfrente de la terraza, de las ramas del árbol favorito de Lucas, colgaban ocho botas izquierdas como si fueran adornos de Navidad.

—¡Son nuestras botas! —gritaron los chicos, mitad contentos por la sensación de recuperarlas, mitad enfadados porque aquello ya sonaba a burla.

—Alguien os ha gastado una broma, y, además, se ha esforzado mucho en hacerlo —les dijo Ramón a los chicos.

—¿Y ahora cómo las recuperamos? —le preguntó Gabi a Ramón.

—Bueno, yo tengo una escalera. Por cierto, que alguien debió usarla anoche, porque no está como yo la dejé —respondió el presidente de los Pardillos.

—Pues a ver quién se sube ahí arriba —advirtió Lian—. Está muy alto. A mí me da vértigo. ¿Por qué no llamamos a los bomberos?

—Claro, hombre. O al ejército —replicó César—. Las chicas podéis sujetar la escalera y nosotros subimos.

Ángel y Guille se partían de la risa con la broma de César. Marta no tanto.

—Sí, hombre. La sujetas tú y yo subo —le corrigió Marta.

Rubén y Mario, que habían llegado desde su urbanización, fueron los primeros en subir. La operación llevó a los chicos toda la mañana. Sobre todo, porque las botas de César y Miguelón estaba altísimas y no había quién las alcanzara.

—El que haya hecho esto, desde luego que tiene muy mala leche —se enfadó Miguelón.

Su bota estaba sobre una rama delgada y era complicado llegar hasta ella. Probaron con una escoba, moviendo el árbol... Al final la de César cayó sola. Pero con la de Miguelón no había manera.

—Me las va a pagar. Ya verás si me las paga —insistía Miguelón, que se había puesto otra vez muy colorado, como cuando se enfada mucho.

A Álex se le escapó una risa floja. Luego rieron los demás. Incluso Gabi, que llevaba toda la mañana con cara de funeral. Hasta a Miguelón se le escapó una sonrisa, pero su bota seguía en lo alto del árbol.

Marta se ofreció para subir por segunda vez. César, que se había llevado un culetazo considerable intentando alcanzar una de las botas, ya no quería correr más riesgos. Ángel y Guille, perezosos como ellos solos, miraban para otro lado.

Ramón volvió con una manguera.

—Yo creo que no está atada muy fuerte. Podemos probar con esto.

Gabi enchufó con la manguera hacia la bota, pero el chorro tenía demasiada presión, y se le escapó de las manos, mojándolos a todos. Los Pardillos estaban hechos una sopa, pero no había manera: la bota seguía en la punta del árbol, resistiéndose a los inventos de los chicos.

—Pues llamamos a los bomberos —insistió Lian.

No hizo falta. Álex, que es una culebrilla, se armó de valor, trepó hasta lo alto del árbol y pidió la escoba. Se la acercaron y consiguió al fin liberar la bota. Que fue a caer... justo en toda la cabeza de Miguelón.

Los chicos no podían ya contener la risa

Porque Miguelón, cada vez más enfadado, gritaba:

—¡Es que se la va a cargar! ¡El que haya hecho esto, se la carga fijo!

Pero el caso es que todos tenían ya su bota izquierda.

—Pues podríamos avisar a Charly y, esta tarde, quedar para volver a entrenar, a ver si ya podemos —sugirió Rubén.

—Sí, porque además se acerca el partido contra Santa Eulalia y yo quiero darles una buena paliza a esa panda de chulitos —remató Álex—. Que Miguelón avise a Charly, y quedamos esta tarde a las siete.

Todos volvieron a sus casas, menos Miguel, Gabi y Marta, que se quedaron comentando los extraños acontecimientos que rodeaban al equipo.

Gabi insistía en que los nuevos no eran trigo limpio.

—Desde que estos dos están en el Pardillo, no nos pasa nada bueno.

—Pero si a ellos también les han quitado las botas —replicó Miguelón—. Y, además, han sido los primeros en subir a por ellas.

—Gabi, déjalo —le aconsejó Marta—. Tarde o temprano descubriremos de dónde vienen estas jugarretas. El que las haya hecho se acabará delatando. No hay que pensar mal de nadie por ahora.

Antes de volver a casa a comer, Miguelón decidió ir a dar una vuelta en bici. Hacía mucho que no la cogía, y además, así hacía un poco de ejercicio, como le había sugerido Charly. Se le ocurrió dar una vuelta con la bici por la urbanización de Santa Eulalia.

No le gustó lo que vio.

Rubén y Mario estaban jugando con el resto del equipo del Santa Eulalia.

Bueno, ya eran amigos de antes, pensó. *Tampoco van a dejar de hablarse porque entrenen ahora con nosotros.*

Miguelón decidió no decir nada al resto. Pero también decidió vigilar más de cerca a los nuevos. Si volvían a pasar cosas extrañas, sería cuestión de actuar.

Y vaya si pasaron cosas raras.

Aún peores.

Y ese mismo día.

CAPÍTULO 11

EL CAMPO MINADO

A las seis y media, treinta minutos antes del entrenamiento, los Pardillos empezaron a aparecer por el bar de Ramón.

El primero en llegar fue Miguelón.

Ramontxo acababa de servirle un refresco cuando aparecieron Marta y Lian. Las chicas traían malas noticias.

Lian había descubierto que alguien se había dedicado a hacer fotos de la operación de rescate de las botas. Y las había colgado en Internet.

Habían subido, por supuesto, las más ridículas: los Pardillos mirando al árbol lleno de botas como pasmarotes, César cayéndose de culo de la escalera, Álex trepando con la escoba, el grupo mojado por la mala puntería de Gabi, la bota que caía en la cabeza de Miguelón...

—¿Las puedo ver? —pidió Miguelón.

Sí. También estaban los dos nuevos, Mario y Rubén, trepando a por sus botas. No quedaban tan mal como el resto, pero había fotos para todos.

Miguelón estaba muy confuso.

¿Estaban o no estaban los dos nuevos implicados en las jugarretas? A ellos también les habían quitado las botas. Y a ellos también les había tocado trepar al árbol. ¿Era cosa de los de Santa Eulalia? ¿Y, si era cosa suya, por qué Mario y Rubén seguían quedando y jugando con ellos?

Y si no era obra de los del Santa Eulalia, ¿quién estaba haciendo aquello? Paula prácticamente había desaparecido del grupo, pero es que ya estaba la mayor parte del tiempo en Madrid. ¿Álex? A Álex siempre le estaban tomando el pelo con lo del acento y las erres, pero era un trasto, no un mal chico. Y encima habían acusado a su perro de lo del balón, y luego se había ofrecido a trepar al árbol incluso con la escoba. ¿Gabi? Gabi estaba evidentemente enfadado con la llegada de los nuevos. A nadie le pasaba desapercibido. Mario le estaba quitando el puesto, o al menos su condición de «estrella» del equipo. Pero ¿sería capaz Gabi de algo así?

Miguelón se negaba a pensar mal de su mejor amigo.

Mientras Miguelón le daba vuel-

tas al tarro, el resto del grupo, menos los nuevos, habían llegado ya. No era raro que llegaran un poco más tarde; al fin y al cabo, venían desde más lejos.

Cuando vieron que Ángel y Guille no llegaban al entrenamiento, decidieron no esperarlos más y fueron al campito de la urbanización, donde ya estaba Charly... rascándose la cabeza, alucinado.

—Chicos, ¿esto es una broma vuestra? Porque si lo es, no tiene ninguna gracia. Y si no lo es, ya podéis ir averiguando qué es lo que pasa. No hacemos más que suspender entrenamientos, y el de hoy no veo yo cómo lo vamos a arreglar.

Los chicos miraron al campo y se dieron cuenta del motivo de la queja de su entrenador.

Las dos áreas estaban plagadas de cacas de perro. Las había por todas partes.

Y una cosa era jugar con barro, o bajo la lluvia, y otra hacerlo entre excrementos.

Aquello era demasiado.

Miguelón, como buen capitán, los organizó rápidamente:

—Chicos, dad una vuelta, a ver si hay algún gracioso haciendo fotos con el móvil, y con un poco de suerte pillamos a quien nos está fastidiando.

Los Pardillos se dividieron en grupitos: Marta y Gabi por un lado, y César, Lian y Álex por otro se fueron a peinar la zona.

Miguelón se quedó hablando con Charly y poniéndole al día de las jugarretas que habían sufrido: sus sospechas de que alguien había pinchado el balón a propósito, cómo desaparecieron las botas, el lío de bajarlas del árbol, las fotos en Internet…

Charly movió la cabeza.

—No sé si os puedo ayudar con esto. Voy a preguntar por la urbanización por si alguien ha visto algo raro, pero me temo que el problema lo vais a tener que solucionar vosotros. De momento, aplacemos el entrenamiento hasta mañana, y dejemos que los jardineros recojan esta noche toda la porquería.

Los chicos volvieron de su misión de investigación. No había nadie haciendo fotos ni nada raro cerca del campo. Quien hubiera hecho la jugarreta, se había ido ya.

—Podemos hacer un rondo en el centro del campo; esa zona está limpia. Ya que nos hemos vestido, al menos aprovechamos —se animó Álex.

—Venga, lo intentamos —se apuntó Marta.

Probaron a jugar con cuidado, pero no había manera. Al mínimo rebote, el balón salía hacia las zonas minadas del campo. Y no solo se manchaba el balón. Es que alguien tenía que ir a por él.

Después de que el balón pasara dos veces por la zona pringada de caca, ya nadie quería tocarlo.

Además, el olor era asqueroso.

Justo entonces aparecieron Rubén y Mario.

—Hola. Perdonad, hemos llegado un poco tarde porque los padres de Rubén le han mandado a hacer un recado y no hemos podido venir antes —explicó Mario—. Pero ¿qué ha pasado aquí?

—¡Hala! —insistió Rubén—. Esto es un asco. ¿No tenéis limpieza en la urbanización? ¿Es que todo el mundo saca sus perros por la noche al campo y luego no recoge las cacas? ¡Qué asco!

—Parece que nos han hecho otra jugarreta —dijo Miguelón en tono serio—, y ya son demasiadas. Lo del entrenamiento lo vamos a dejar por hoy. Podéis venir si queréis mañana, a la misma hora. Supongo que ya estará todo limpio.

Mario y Rubén se quedaron un rato allí, intentando aportar pistas de lo que había pasado, y, cuando los Pardillos llegaron a la conclusión de que no tenían ni idea de quién les saboteaba los entrenamientos, se despidieron y se fueron a su urbanización.

En cuanto se fueron, Miguelón reunió a los demás.

—Pardillos, al bar de Ramontxo ahora mismo. Sea quien sea, se está pasando un poco. Y además os tengo que contar una cosa. Hay que convocar ahora mismo a la junta directiva del Pardillo Club de Fútbol.

—¿Y quiénes son la junta directiva? —preguntó César.

—Pues quién va a ser: nosotros, *atontao* —contestó Miguelón.

Y la junta directiva del club se reunió por primera vez en el bar de Ramón.

Abrió la sesión Miguelón, y les contó a los demás lo que había visto: su paseo en bicicleta por la urbanización del equipo rival, y a Mario y Rubén hablando con el resto de la pandilla del Santa Eulalia.

Las opiniones estaban divididas.

Gabi, Álex y César sospechaban abiertamente de los nuevos.

A Marta y Lian les costaba acusarlos. Al fin y al cabo, habían dejado a su equipo

de siempre para jugar con ellos. Y encima eran muy buenos. Le podían venir muy bien al Pardillo.

Y Miguelón no sabía qué pensar. Finalmente fue él quien tomó la iniciativa.

—¿Sabéis qué os digo? Que no se puede acusar sin pruebas. No podemos echar a nadie del equipo solo porque sospechemos de ellos.

—¿Y entonces qué hacemos? —replicó Gabi—. ¿Esperamos a ver qué se les ocurre ahora para fastidiarnos?

—Mejor—concluyó Miguelón—: ¿No tenemos pruebas? Pues vamos a buscarlas ya mismo.

Los Pardillos decidieron coger las bicis e ir a darse una vuelta por Santa Eulalia.

Aunque Mario y Rubén no estuvieran implicados, sin duda las jugarretas tenían que venir de allí.

Y lo que estaban a punto de ver y escuchar en Santa Eulalia no les iba a gustar ni un pelo.

CAPÍTULO 12

LA VENGANZA DE LOS PARDILLOS

Marta, Lian, Miguelón, Álex y Gabi escondieron sus bicis junto al campo donde entrena el equipo del Santa Eulalia. Luego se repartieron las posiciones.

Gabi y Marta aprovecharon para colarse en el vestuario de árbitros, que está junto al que usan los chicos. Desde allí podrían oírlos perfectamente mientras se cambiaban.

Álex se subió a un árbol enorme, detrás de una de las porterías.

Miguelón y Lian se quedaron detrás de los banquillos, junto a la caseta de material. Era un buen sitio para esconderse.

El entrenamiento fue normal.

Bueno, normal, dentro de lo que cabe.

La primera mala noticia para los chicos fue ver a sus rivales jugando al fútbol. Eran buenos. Muy buenos. Y los mejores eran Mario y Rubén.

Rubén, el portero, llegaba a todos los balones: salía bien por alto, mandaba a la defensa. Parecía un gato. Miguelón se acordó de cuando habían jugado al Rey de la Pista: Lian, que era un despiste con patas en la portería, él con la panza llena de arroz con leche, y los tres paradones de Rubén.

Pues era aún mejor de lo que le pareció entonces. Deseó que no tuviera nada que ver con las jugarretas, porque un portero así les iba a venir de maravilla en el equipo.

Mario también era muy bueno. Estaba en todas partes.

Desde la ventana del vestuario, Gabi se sintió incómodo. Más aún cuando Marta le recalcó:

—Mira cómo baja Mario a ayudar. Y luego le da tiempo a estar arriba.

Gabi pilló la indirecta, pero no dijo nada.

Un rato después, el entrenador hizo sonar el silbato y dio por terminado el entrenamiento. Se dirigió al equipo:

—Chicos, estáis bien preparados. Jugaremos el amistoso ese que tenéis con los del Pardillo, y la semana siguiente os quiero ver al cien por cien en el Torneo de la Sierra. Ahí es donde tenemos que dar el máximo. Si seguís trabajando así, estad tranquilos porque lo haremos muy bien. Ahora a la ducha, a descansar, y pasado mañana más.

El entrenador dio media vuelta y se fue.

Los chicos se quedaron hablando en el campo. El más grandote, que era el capitán del Santa Eulalia, como Miguelón había sospechado, les preguntó a Mario y Rubén:

—Oye, contadnos bien lo de las cacas. ¿Qué ha pasado?

—Puaj, tío —empezó Mario—. No veas qué asco. Olía a kilómetros. Cuando llegamos, los muy pringaos habían empezado a hacer un rondo en la zona que dejasteis limpia. Cada vez que el balón se les escapaba, se quedaba todo pringoso. Y luego tenía que ir uno a por él, de puntillas, esquivando obstáculos.

Los demás reían a carcajadas con cada detalle.

—Y, luego —prosiguió Rubén—, teníais que verlos. Si alguien levantaba la pelota para jugarla con la cabeza o con el pecho, los otros se quitaban para no mancharse. A los cinco minutos ya no la tocaban ni con el pie.

Las risas hacían eco por todo el campo de entrenamiento.

Miguelón quiso arrancarse a decirles cuatro cosas, pero Lian le sujetó por el brazo.

—Quieto, Miguelón, que son muchos. Y no hemos venido a pelearnos, sino a buscar pruebas.

—¿Necesitas más pruebas?

—Hazme caso: quédate quieto y cierra el pico.

Las bromas siguieron en el vestuario. Gabi y Marta no podían verlos, pero los escuchaban a la perfección.

—Oye, las fotos de lo del árbol eran buenísimas —dijo uno.

—Claro, es que con el móvil de mi padre... —dijo otra voz entre risas.

—Eso habría que hacerlo otra vez. ¿Visteis el culetazo que se pegó el alto? ¿Y al rumano con la escoba? ¿Y al argentino tocándose la melenita en vez de subir? —se cebó el primero.

—Sí, y la china diciendo que quería llamar a los bomberos. ¡Ja, ja, ja!

Ya a la salida del campo, justo debajo del árbol al que se había encaramado Álex, se desveló el plan final de los gamberros del Santa Eulalia.

—Bueno, y, entonces, ¿cómo hacemos? —preguntó Mario.

—Seguimos con lo previsto. En el amistoso, Rubén y tú jugáis con ellos —dijo el capitán grandote, el que se había metido en el parque con Álex—. Tenéis que fallar un poco, pero no mucho, para que no sospechen. Así os dan a cada uno una camiseta con el pollo ese que llevan de escudo. En las camisetas tenemos que pintar bien grande un árbol lleno de botas y a los pringaos estos en una escalera. Y un montón de cacas de perro. Y las llevamos al Torneo de la Sierra, como si fueran pancartas, para que todo el mundo vea lo penosos que son.

—Y en el torneo ya jugamos con vosotros, ¿no? —preguntó Rubén.

—Claro, ya verás qué risas cuando pongan a la china o al gordo de porteros —se burló el grandote—. Si hasta llevan dos niñas en el equipo. Solo les falta jugar con faldita. O con tutú. Bueno, y eso si es que consiguen ser siete, porque por lo que dice Mario, dos de ellos hoy ni siquiera han ido a entrenar.

Las risas siguieron escuchándose mientras los del Santa Eulalia se alejaban.

Marta, Lian, Miguelón, Gabi y Álex se reunieron en el lugar donde habían escondido las bicis.

Los Pardillos sentían una mezcla de rabia y tristeza.

Rabia, porque ellos no se habían metido con nadie. Seguro que los del Santa Eulalia podrían haber escogido otra diversión en vez de jorobarles el equipo que con tanta ilusión habían formado. Y también porque los habían insultado y se habían reído de todos y cada uno de ellos.

Y tristeza porque, en el fondo, en algunas cosas tenían razón: sin Rubén ni Mario, a duras penas podían completar el equipo. No tenían portero; entre unas cosas y otras, casi ni habían entrenado; tenían dos suplentes que ya les habían fallado en el segundo entrenamiento; los del Santa Eulalia les daban mil vueltas jugando al fútbol y el Torneo de la Sierra se acercaba.

Pero en una cosa estaban todos de acuerdo: pasara lo que pasara en el torneo, y pasara lo que pasara en el amistoso contra el Santa Eulalia, aquello no iba a quedar así.

Todo lo que habían averiguado los chicos en el campo del Santa Eulalia exigía medidas drásticas. Pero ¿cuáles? Era urgente convocar una nueva reunión de la junta directiva del Pardillo Club de Fútbol. Y, como no podía ser de otra manera, se celebró en el bar de Ramontxo.

Miguel se encargó de reunirlos a todos, incluidos Ángel y Guille.

Los cinco espías pusieron al corriente al resto con todo lujo de detalles. Ángel fue el primero en hablar.

—Chicos, lo siento. Cuando me dijeron que si podían jugar en el equipo, no me imaginaba esto. A mí también me han engañado. Puedo hablar con ellos, si queréis, y también entendería que no me quisierais más en el equipo. Lo que ha pasado ha sido culpa mía.

—Nada de irte del equipo —le respondió Marta—. Y de hablar con ellos, tampoco. A ti te han engañado como a nosotros. Pero ya que lo dices, sí que hay una cosa que puedes hacer.

—Lo que tú quieras —dijo Ángel, convencido.

—Nos tienes que prometer que te vas a tomar en serio los entrenamientos que nos quedan y a ayudarnos, porque el Torneo de la Sierra está ahí mismo, y os vamos a necesitar a Guille y a ti —dijo Marta, muy seria—. Y de las jugarretas que nos han hecho, ni pío. Primero tenemos que ponernos de acuerdo en cómo se las vamos a devolver.

—Eso —corroboró Miguelón—. Pero antes tenemos que contarle a Charly lo que ha pasado y echar a estos dos del equipo.

Los chicos pidieron a Ramontxo que llamara a Charly para que fuera al bar, y el entrenador de los Pardillos no tardó ni quince minutos en aparecer por allí.

A Charly todo aquello le sorprendió. ¿Qué podía hacer que un grupo de niños se ensañara así con otro simplemente por un torneo de fútbol? ¿O por ser vecinos?

Cuando los chicos terminaron de ponerle al día, el entrenador les dio una idea.

—El equipo es vuestro, pero si queréis un consejo, yo no echaría a Mario y a Rubén… Todavía.

—¿Cómo? ¿Les vamos a dejar jugar con nosotros? ¡Si ya sabemos que lo que quieren es fastidiarnos! Además, ¿vamos a darles camisetas para que luego se burlen?

133

—Es más fácil que eso —replicó Charly—. Si tienen tan buen equipo como decís, y si encima ellos dos son de los mejores, solo hay un sitio en el que no pueden hacernos daño: sentados en el banquillo. Y os recuerdo que, si siguen en el equipo, la alineación la decido yo. Puede ser un buen escarmiento para ellos hacerles creer que van a jugar, y cuando llegue el momento, que vean todo el partido sentaditos a mi lado. En el Torneo de la Sierra ya estarán con los rivales, pero, en el amistoso, decidimos nosotros.

—¿Y lo de las camisetas? —preguntó Álex.

—Eso también es fácil. Podemos hacer el calentamiento cada uno con su camiseta, y llevamos las justas para vosotros. Cuando llegue el momento, solo damos camisetas a los que vayan a jugar. Habrá dos jugadores que ni siquiera se vestirán con vuestro uniforme. Ya podéis adivinar quiénes van a ser.

A los chicos les pareció de maravilla.

Pero no era suficiente.

Los siguientes días, los Pardillos entrenaron duro, tratando de recuperar el tiempo perdido y de preparar lo mejor posible el amistoso contra el Santa Eulalia y, sobre todo, el Torneo de la Sierra.

Organizaron los entrenamientos de verdad por las mañanas, y solo convocaron a Rubén y Mario para una sesión suave por la tarde. Charly y los chicos tenían más que claro que, sin Rubén, que era un portero magnífico, tenían un hueco enorme en la portería. Como Miguelón, Gabi, Álex, Marta y César tenían sus posiciones más o menos definidas en el campo, probaron con Guille.

Pero Guille era más bien tirando a bajito, y en cuanto le chutaban por alto parecía un coladero. Probaron también con Ángel, pero su problema no es que fuera bajito, sino que era demasiado lento, y Lian sumaba un poco los problemas de los dos: era bajita, lenta… y, además, un despiste con patas.

Los Pardillos dedicaron mucho tiempo a encontrar una solución para la portería, pero la verdad es que ninguno tenía madera de portero.

Pero los chavales tenían otra cosa más en la cabeza. Por eso también dedicaron mucho tiempo a organizar cómo iba a ser su venganza. Porque el partido era más o menos importante. Pero dejar en ridículo a los chulitos del Santa Eulalia era una cuestión de honor.

———————

La víspera del partido, viernes por la tarde, la junta directiva del Pardillo Club de Fútbol se reunió de nuevo en el bar de Ramón.

Esta extraña directiva, formada por los jugadores al completo y convocada el día anterior a su primer partido de verdad, no estaba dedicando ni un minuto a hablar del encuentro.

O bueno, sí que hablaban, pero no de cómo iban a jugar, ni nada de eso.

En su lugar, andaban trasteando con unos botes de colores, dibujando planos en una servilleta de papel y..., cuando se acercaba alguien, de repente empezaban a hablar en voz muy baja, o cambiaban de conversación de repente.

Algo tramaban. Sin duda.

Al final de la reunión, Miguelón se levantó y se puso muy solemne:

—Bueno, pues ya está todo listo. Mañana, que nadie se olvide de nada. Va a ser nuestro gran día. Y está prohibido fallar.

Ramontxo había asistido a la conspiración en silencio, pero la verdad es que los chicos estaban siendo tan crípticos que no se había enterado de nada. En calidad de presidente de honor, y para hacer ver que estaba al tanto de todo, les dedicó un aplauso y dijo en voz alta:

—Así se habla, capitán. Desde ahora, el Santa Eulalia y el Pardillo van a ser eternos rivales, y mañana hay que empezar dándoles una lección.

A Ramontxo prácticamente se le había olvidado el tema de la venganza: pensaba que todo se habría quedado en una chiquillada. Él en lo que pensaba era en marcajes, goles, contragolpes y faltas. Pero los chicos estaban pensando en botas colgadas de los árboles, fotos en Internet, balones pinchados y campos llenos de cacas.

Y eso, claro, exigía una respuesta.

CAPÍTULO 13

LA DERROTA DEL ARCOÍRIS

La mañana de su primer partido, los chicos aparecieron en el campo a la hora prevista. Bueno, aparecieron todos... menos dos.

Y no eran Rubén y Mario los que faltaban. De hecho, ellos habían llegado los primeros, por aquello de que eran los que vivían más cerca del campo.

Tampoco faltaban Miguelón y Álex, que la tarde anterior habían estado dando un extraño paseo por el campo, como si fueran un equipo de Champions que visita por primera vez un estadio extranjero.

Los ausentes tampoco eran Ángel y Guille, los sospechosos habituales de llegar con retraso cada vez que la pandilla quedaba por la mañana.

Tampoco eran Marta y Gabi.

Los que faltaban eran César y Lian.

Y lo raro de aquel retraso es que no parecía extrañarle a nadie.

Solo Charly preguntó por ellos.

—Nos han dicho que llegan un poco más tarde porque sus padres no podían traerlos antes —respondió Miguelón.

A Charly el retraso le pareció sospechoso, pero no dijo nada. Dio tiempo a los chicos para que se cambiaran, y los esperó en el campo.

Cuando los Pardillos salieron al campo, los del Santa Eulalia ya estaban calentando.

Y de César y Lian, todavía no había ni rastro.

—Miguelón —preguntó Charly—, ¿estás seguro de que van a llegar a tiempo? Mira que las cuentas no salen: somos solo seis, además de Mario y Rubén.

—Tranquilo, míster. Está todo controlado —respondió Miguelón, guiñando un ojo a su entrenador.

Faltaban poco menos de cinco minutos para que empezara el partido cuando Lian y César saltaron al campo con una sonrisa enorme.

A Charly todo aquello le extrañaba un poco, sobre todo la tranquilidad de los chicos, tan seguros de que César y Lian aparecerían. Sabía que estaban tramando algo.

Pero ¿qué?

Decidió no pensar en ello y reunió al equipo formando un círculo junto al banquillo.

—Chavales, esta semana hemos trabajado mucho y bien.

Mario y Rubén se habían colocado juntos y se hablaban al oído:

—¿Mucho y bien? Si casi ni han entrenado. Ya verás qué risa —eso pensaban ellos, que no habían estado en los entrenamientos por la mañana. Es más, ni siquiera sabían que había entrenamientos por la mañana.

—Lo más importante es que entendamos todos lo que va a pasar hoy —prosiguió Charly—. Y lo que va a pasar es que hoy nace un equipo gracias a vosotros: porque os ilusiona el fútbol y habéis elegido formar un equipo para pasarlo bien y poder jugar. Eso es, ni más ni menos, lo que va a pasar.

—Lo que va a pasar es que a los Pardillos estos les van a caer siete goles en cada tiempo —le dijo Mario al oído a Rubén.

—Y recordad lo más importante: aquí hemos venido a divertirnos. Vamos a disfrutar durante cada minuto que dure el partido. Y aquí también hemos venido a jugar, da igual que vayamos ganando, empatando o perdiendo. Se trata de jugar. Ya vendrán los torneos. Por ahora, el resultado no nos importa para nada.

—Mejor que no les importe —dijo Rubén al oído de Mario—, porque no va a haber números suficientes en el marcador para poner todos los goles que van a comerse estos.

A Mario se le escapó una risita, pero nadie le hizo caso, porque Miguelón había tomado la palabra:

—Chicos, que no se os olvide: pase lo que pase, este partido será recordado como el partido del arcoíris.

De repente, todos se echaron a reír, sobre todo César y Lian. Los únicos que no se reían eran Mario y Rubén, que no entendían nada. ¿Qué era aquello del arcoíris? ¿Se habían perdido algo?

Charly dio la alineación:

—Empezamos con lo que hemos trabajado durante la semana: Guille en la portería; Ángel y César, atrás. Álex y Marta por los lados, Miguel de mediocentro y Gabi arriba. ¿Habéis traído camisetas para todos?

—Solo hay ocho, míster —respondió Miguelón, guiñando un ojo.

—Pues el primer cambio —prosiguió Charly— será Lian, así que la octava camiseta para ella. Y, por favor, que alguien vaya a avisar a Ramontxo de que necesitamos dos más para Rubén

y Mario. Seguro que tiene alguna de repuesto en el bar. A ver si nos la pudiera traer durante el primer tiempo —ahora era Charly quien le guiñaba el ojo a Miguelón.

—Míster —preguntaron Rubén y Mario—, ¿nosotros no jugamos?

—Vosotros dos preparaos para salir en la segunda parte. Vamos a aguantar con el marcador igualado hasta el descanso, y cuando el Santa Eulalia piense que el partido es suyo, entráis vosotros. Se van a llevar una buena sorpresa.

Los chicos se fueron rezongando hacia el banquillo. O Charly era un genio de la táctica, o allí pasaba algo raro. ¿Y qué narices era eso del arcoíris que había dicho el barrigón del capitán?

Mientas ocupaban sus puestos en el banquillo, pensaron que tenían toda la segunda parte para hundir al Pardillo CF.

—Mejor así —le dijo Mario a Rubén—. Cuando piensen que les toca remontar, les vamos a liar una buena.

Cuando se deshicieron los corrillos de los entrenadores y los chicos formaron en el campo, los jugadores del Santa Eulalia miraron extrañados el banquillo de su rival.

¿Qué hacían allí los dos infiltrados? El Santa Eulalia había cedido a su mejor delantero y a su portero para sabotear al rival…, pero ¿los iban a dejar en el banquillo?

143

A hurtadillas, en un despiste de Charly, Rubén se acercó al banquillo local:

—Tranquilos; salimos en la segunda parte. Dice el entrenador que para sorprenderos. Dadles caña en la primera, que luego va a ser un festival.

En el banquillo, además de Lian, Rubén y Mario, también estaba Paula. Aunque finalmente había decidido no formar parte del equipo, le seguía haciendo ilusión ver jugar a sus amigos, y a Charly le había parecido bien que se sentara en el banquillo, como si fuera una más. Aprovechando que era sábado, había pedido permiso para pasar el fin de semana en la urbanización, con sus abuelos, y poder ver el partido en directo.

La primera foto del Pardillo CF la hizo ella.

Cuando Rubén volvió del banquillo del Santa Eulalia, ya habían sorteado campos.

—Chicos, pensad en el arcoíris. Va a ser inolvidable —gritó Miguelón a sus compañeros.

—Y que lo digas —murmuró Lian en el banquillo.

Mario y Rubén se miraron con cara rara; no entendían nada. Además de pardillos y pringados, los de aquel equipo eran un poco raritos.

Y fue entonces cuando la madre de Gabi gritó lo de:

—¡¡¡Par-diiiiii-lloooooos!!!

Y cuando en la grada empezaron con las chuflas.

Y cuando el árbitro dijo lo de «señores Pardillos».

Y cuando Miguelón se puso rojo como un tomate y le llamó «chincheta».

Y cuando el árbitro le sacó la tarjeta roja y le dijo:

—Dos minutos expulsado.

Esos dos minutos fueron terribles, porque el Santa Eulalia salió en tromba. Gabi se retrasó para ayudar en el medio campo, pero la ausencia de Miguelón dejaba un hueco tremendo.

Menos mal que los locales no tenían mucha puntería, porque aquello era un sinvivir.

Los Pardillos no pasaban del centro del campo.

A Guille, que casi seguro que nunca se ganaría la vida como portero, le pegaron dos tiros al larguero. El tercer remate acabó en el fondo de la portería.

1-0.

Cuando pasaron los dos minutos de expulsión y volvieron a ser siete, la situación mejoró.

Antes de salir, Charly le dijo a Miguelón:

—Miguel, recuerda que no es bueno que corras con la pelota, porque corriendo eres más lento que ellos. Pero si la tocas rápida hacia un compañero, como tú sabes, serás más rápido que nadie, porque ningún jugador corre más rápido que la pelota.

La receta parecía estar funcionando: Miguelón tocaba rápido, Álex y Marta avanzaban por los costados y Gabi tuvo un par de remates a puerta bastante buenos.

Pero cuando el Santa Eulalia atacaba, Guille temblaba como un flan bajo los palos.

César sacó un balón en la raya, cuando ya casi era gol, y Guille miró al banquillo como pidiendo auxilio.

Ángel se puso entonces de portero, y Lian entró por Guille, como defensa. Los Pardillos aguantaron bastante bien.

Pero en una falta en contra quedó claro que Ángel tampoco había nacido para ser portero. No era un tiro muy difícil, pero se tiró tarde a por el balón, y lo que parecía una parada sencilla se convirtió en el 2-0.

A pesar de ir perdiendo, los Pardillos no parecían demasiado preocupados. Seguían jugando según lo que habían entrenado, sin hacer caso al marcador. Y en un buen pase de Miguelón, Álex se escapó por la derecha, le pegó muy fuerte y abajo y consiguió el primer gol de la historia del Pardillo CF.

El problema, claramente, estaba atrás, en la portería.

La tercera en probar suerte de portera fue Lian.

Pero el despiste incurable de Lian hizo de las suyas: la primera vez que tuvo que intervenir, la jugada le sorprendió colocándose una goma para recogerse la coleta.

Y fue el 3-1.

Así llegaron al descanso.

De nuevo en el corrillo, Mario y Rubén se dirigieron a Charly:

—Míster, ¿salimos ya? ¿Tenéis nuestras camisetas?

Pero quien respondió no fue Charly, sino Miguelón. Le pidió el móvil a Paula y les enseñó una foto a los traidores.

—A ver, las camisetas las tenemos. Mira, ayer estaban aquí —lo que les estaba enseñando era la foto del árbol donde habían estado colgadas las botas de los chicos—. Lo malo —prosiguió Miguelón— es que puede que ya no estén. O a lo mejor están manchadas de caca de perro. Quién sabe. Así que si queréis ir con la bici a comprobarlo… así tenéis otra historia que contar a vuestros amigos del otro equipo. No sería la primera vez que lo hacéis.

—Chicos —Charly retomó el discurso—; me temo que no os habéis ganado el derecho a jugar en este equipo. El fútbol es una fiesta, es un juego. Y si no respetáis las normas del juego, el castigo más lógico es que os quedéis al margen, viendo cómo disfrutan los demás. Hoy vais a descubrir que quienes disfrutan son los que juegan. Tanto los que ganan como los que pierden. Y quienes no disfrutan son los que se quedan fuera.

Rubén y Mario entendieron el mensaje y, avergonzados al haber quedado al descubierto, se alejaron.

Pero todavía escucharon a Lian y a César gritar:

—Oye, pero sin rencor. Que después del partido os invitamos a ver el arcoíris.

¿Qué arcoíris? Don Tomás, el profe de Ciencias, dice que para que se forme el arcoíris tiene que salir el sol mientras llueve. Y allí no había ni sol ni lluvia. ¿Se habían vuelto locos los Pardillos?

———— ✺ ————

La segunda parte no tuvo mucha más historia.

Guille volvió a la portería, recibió otro gol por alto y Gabi hizo el 4-2 definitivo.

El Chincheta no sacó más tarjetas y, tan pronto como pitó el final, mientras los locales celebraban en el campo la victoria, los chicos del Pardillo CF salieron como rayos a ducharse y a preparar las cámaras de fotos.

Se sentaron todos en lo alto de un muro, cerca de la salida

del vestuario, y Lian abrió una bolsa de plástico llena de botes vacíos.

Eran de tinte para el pelo.

César y ella habían llegado tarde al calentamiento porque se habían colado en el vestuario del equipo rival y habían mezclado una parte del contenido de esos botes en los del champú de los rivales.

Y por delante del muro iban pasando los jugadores del Santa Eulalia, mientras los Pardillos coreaban y hacían fotos:

—¿De qué color viene el próximo? —preguntó César.

—Verdeee —rio Álex.

— ¿Y el siguiente? —quiso saber Gabi.

—Naranjaaa —dijo Marta, doblada de la risa.

Había pelos para todos los gustos: verdes, naranjas, morados, rojos, amarillos…

—Nuestras camisetas son más bonitas que vuestros pelos. Si queréis más, en la tienda mi padre tiene de más colores —les gritó Lian a pleno pulmón.

—¡Ja, ja, ja! —rieron los Pardillos a coro.

Al oír las carcajadas, algunos de los rivales salieron corriendo. Otros intentaron taparse con una gorra o con la capucha de su sudadera. Les habían dado a probar un poquito de su propia medicina.

Desde lo alto del muro, Miguelón les gritó:

—Chicos, estas fotos quedarían preciosas en Internet. Aunque si las del árbol de las botas desaparecen y nos dejáis en paz, no va a hacer falta ponerlas en ningún sitio. Eso ya lo decidís vosotros.

———— ✆ ————

Un poco más tarde, en el bar de Ramontxo hubo paella para todos, cortesía del presidente de honor.

Charly no quiso felicitarles por la trastada para que no cundiera el ejemplo, pero la verdad es que le había parecido una travesura digna del espíritu de sus Pardillos, y le había hecho mucha gracia.

Lian y César se pasaron la comida en un lado de la mesa, recordando cómo habían mezclado el tinte con el champú y revisando las fotos de los pelos de colores.

Ángel recibió un mensaje de los chicos del Santa Eulalia: habían quitado de Internet las fotos del árbol de las botas.

Marta y Gabi le contaron a Paula todo lo que se había perdido: las trastadas de los vecinos y cómo habían ideado la broma del arcoíris.

Guille se pasó la comida explicando que él podría ser buen portero... si las porterías no fueran tan altas.

Paula recopiló las fotos de aquella mañana. Y también las del arcoíris. No las iban a subir a Internet, pero no parecía mala idea guardarlas de recuerdo... o por si acaso.

Álex compartió una porción de su paella con su *perito*, Lucas.

Miguelón, en cambio, se comió casi dos platos.

Y cuando ya no quedaba paella, Ramón apareció con una bandeja llena de postres y con una peluca de color verde.

Jamás se había visto a un presidente de honor más orgulloso de un equipo un poco desastroso, sin un portero decente y que había perdido por goleada su primer partido... pero Ramontxo sabía que a los Pardillos les quedaban aún muchas victorias por delante.

¡¡VAMOS A HACER MAGIA!!

Haz este truco de magia a tus padres o amigos, ¡es muy fácil! Y, efectivamente, tiene truco.

1. Elige un trapo o pañuelo que tenga el borde cosido, haciendo dobladillo.

2. Introduce un palillo en el dobladillo sin que nadie te vea. Este será el palillo que rompa el voluntario que escojas para hacer el truco.

3. Luego, ofrece otro palillo a tu público. Si quieres, como Ramón, puedes pedirle al voluntario que le haga una marca.

4. Envuélvelo y ofréceselo a tu voluntario para que rompa el palillo.

¡¡Cuidado!! No sueltes nunca el trapo. La MAGIA está en ofrecer al voluntario el palillo que previamente has colocado en el dobladillo del trapo.

5. Después, déjalo sobre la mesa. Utiliza polvos mági-cos o pases de magia o lo que se te ocurra para despistar a tu voluntario y a tu público. Y...

TACHÁN!!

6. Muestra al público el palillo entero y, mientras lo miran, guarda el trapo disimuladamente.

NOTA: Recuerda terminar siempre con un ¡¡¡TACHÁN!!! Eso siempre da mucho prestigio al mago.

AGRADECIMIENTOS

Miguelón, Álex y Ángel me ayudaron a dar vida a los Pardillos recordando los niños que fueron. Ramontxo añadió magia, buen humor y amistad. Muchas veces me dijo: «con las cosas que pasan en el bar se podría escribir un libro». Ninguno de los dos pensábamos que fuera a ser un libro como este.

Encarni, madre de futbolista y ciudadana de Villanueva del Pardillo, me regaló cada miércoles un repertorio de anécdotas para que nunca faltaran historias que contar. Merece cada gol que le dedica Víctor.

Laia me buscó y me confió el proyecto... y sufrió cuando se apuraban los plazos. Sara, desde la distancia, puso el esfuerzo, la constancia y el cariño que necesitaba la colección. Y me sacó de más de un atolladero.

La paciencia, la generosidad y el talento de Laura hicieron el resto.

ANTIESCUELA
DE FÚTBOL

Misión portero
IMPOSIBLE

JUAN CARLOS CRESPO

Este libro se terminó de imprimir
en el mes de julio de 2015